日本語基本 1600 會話

吉松由美
田中陽子 ◎合著

生活、旅遊、交友用這本就夠啦！

日本語が上手です。

買い物～

こんにちは～

山田社

《日本語基本1600會話生活、旅遊、交友用這本就夠啦！》
出版18開本囉！
大尺寸的漂亮版型，閱讀更舒適、筆記更順手！

擁有日語會話力，就擁有強韌的社會競爭力！
每天做點讓自己增值的事，學習日語會話力增值！

如果您，

▶ 跟日本人開口說話，比登天還難！

▶ 一看到日本人，就緊張發抖！

▶ 認識日本新朋友，自我介紹後，就心慌得不知道說什麼！

▶ 跟日本朋友聚餐，聊沒兩句，就句點！

▶ 在電梯遇到日本人，打招呼後，就只能死盯著樓層數字，度秒如年！

▶ 想和日本人聊天，卻不知道要說些什麼！

告訴您，

能往上爬的，大多是能言善道，善於用日語溝通，而不一定是能力最好的那一個。接下來的時代，擁有日語會話力，就擁有強韌的社會競爭力。

擁有會話力的人，為什麼更容易成功？因為會話力可以營造一點友好、親切的氣氛，讓事情更圓滑地進行，更可以提升個人魅力。這樣人緣一好，機會就比別人多更多了。

學日語會話就要從快樂的事情開始，本書內容把吃喝玩樂等各項生活樂事一把抓，就是要您日語快樂學習大滿貫！特色有：

日本人天天都在使用的【54個句型＋1600句會話】一把抓！

精選日本人常用的54個句型，只要替換不同場景的單字，想說什麼，替換一下就可以！1600句日本人天天都在使用的會話，也是挑選日本人常用的基本句型，來替換不同場景的基本單字，以最簡單的句型就能變化多種句子，讀一句，就好像學了十句，讓您快速使用日語交談！

簡單句短短說！

書中精心設計了使用頻率較高的短短句，再加上沒有場面限制，可以靈活運用的頻出54個句型，配合常用單字，讓忙碌的您能夠在短時間內迅速掌握一口流利、道地的日語。

快樂學習大滿貫！

為您設身處地設計70個以上交友、生活、旅遊時的狀況場景，包含了食衣住行育樂等生活的各種樂事層面，超寫實、超有臨場感！無論走到哪裡都能在書中找到相對應的場景，馬上複習馬上用！

逗趣插圖脫口就說！

一邊學一邊看，左右腦並用效果好！書中加入大量生動逗趣的插圖，幫助您想像真實場景。讓您自然而然瞭解使用情境，同時增加日文的語感喔！想都不用想就能脫口而出！

開口也能聊文化！

本書內容新舊交融，圖文連結學習，除了利用日本插圖帶您回顧日本的傳統之美、穿梭時光隧道回到充滿風情的老日本，同時用這些內容開口流利聊文化！學日語也學文化，真划算啊！

耳朵聽習慣，嘴巴就能習慣說！

要加強聽力，就要訓練您的嘴部肌肉，隨書附贈手機隨掃即聽的QR碼行動學習音檔及朗讀MP3，希望您跟著正統東京腔專業老師發音，這樣先讓耳朵熟悉日語，再讓嘴巴習慣說日語，不僅加快您的聽力反應，更不用害怕聽不懂。想說什麼不需多想，開口就是道地又流利的日語！

本書不只是生活、旅遊書，更不只是日語學習書，而是能夠學習日本文化同時活用日語能力，累積與日本朋友聊天話題的多功能資訊書籍。

Part 2 自己愛說的日語 37

Part 3　好用旅遊日語　　79

70個以上交友、生活、旅遊時的狀況場景，無論走到哪都能馬上用！

　　沒有複雜的文法，只要套用一個句型，再替換自己喜歡的單字，就可以舉一反三，應用在各種場面，是本書編寫的目的。書中精挑日本人旅遊時，使用頻率最高的句型及單字，在句型及單字的相乘效果下，達到輕鬆、有趣的學習效果。

1. 這裡沒有複雜的文法，只要套用一個句型，再替換不同的單字，就可以舉一反三，應用在看電影啦！買書啦！吃飯啦！購物等各種場面。

可以替換的單字 ────→
看看例句 ────→

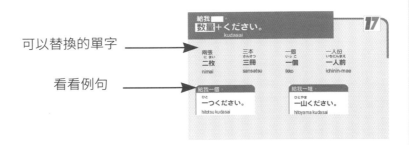

2. 學過基本句型以後，接下來就可以靈活運用在旅遊上。這裡有跟自己及旅遊相關內容。在同一個句型，套用不同的單字，且你一句我一句舉一反三的學習下，達到說及聽的最高效果。

3. 這裡有適用各種場面的豐富句子，每個句子都是好用的旅遊句。讓您只要動動手腳，動動口就能輕鬆、快樂玩遍日本。

是 ＿＿＿。
名詞＋です。
desu

MP3 01

1

林	山田	書	腳踏車
<ruby>林<rt>りん</rt></ruby>	<ruby>山田<rt>やま だ</rt></ruby>	<ruby>本<rt>ほん</rt></ruby>	<ruby>自転車<rt>じ てんしゃ</rt></ruby>
rin	yamada	hon	jitensha

我是田中。
<ruby>田中<rt>た なか</rt></ruby>です。
tanaka desu

我是學生。
<ruby>学生<rt>がくせい</rt></ruby>です。
gakusee desu

是 ＿＿＿。
數量＋です。
desu

2

1000圓	一個	一杯	兩支
<ruby>千円<rt>せんえん</rt></ruby>	<ruby>一つ<rt>ひと</rt></ruby>	<ruby>一杯<rt>いっぱい</rt></ruby>	<ruby>2本<rt>に ほん</rt></ruby>
senen	hitotsu	ippai	nihon

500圓。
<ruby>500円<rt>ごひゃくえん</rt></ruby>です。
gohyaku-en desu

20美金。
<ruby>20<rt>にじゅう</rt></ruby>ドルです。
nijuu-doru desu

3

___ 。
形容詞＋です。
desu

冰冷	快樂	快速	好吃
つめ 冷たい	たの 楽しい	はや 速い	おいしい
tsumetai	tanoshii	hayai	oishii

昂貴。

たか
高いです。

takai desu

寒冷。

さむ
寒いです。

samui desu

4

___ 是 ___ 。
名詞＋は＋名詞＋です。
wa   desu

他／美國人	那／大象	姊姊／模特兒
かれ　　　　じん 彼／アメリカ人	ぞう あれ／象	あね 姉／モデル
kare　amerika-jin	are　　zoo	ane　　moderu

我是學生。

わたし　　がくせい
私は学生です。

watashi wa gakusee desu

這是麵包。

これはパンです。

kore wa pan desu

名詞＋の＋名詞＋です。
＿＿的＿＿。
no　　　　desu

MP3 02 5

妹妹／雨傘	義大利／鞋子	法國／麵包
妹／傘	イタリア／靴	フランス／パン
imooto kasa	itaria　　kutsu	furansu　　pan

我的包包。
私のかばんです。
watashi no kaban desu

日本車。
日本の車です。
nihon no kuruma desu

名詞＋ですか。
是＿＿嗎？
desuka

6

台灣人	美國人	泰國人	義大利人
台湾人	アメリカ人	タイ人	イタリア人
taiwan-jin	amerika-jin	tai-jin	itaria-jin

是日本人嗎？
日本人ですか。
nihon-jin desuka

是哪一位？
どなたですか。
donata desuka

▢是▢嗎？
名詞＋は＋名詞＋ですか。
wa　　　　　　desuka

7

出口／那裡

出口<ruby>でぐち</ruby>／あそこ
deguchi　asoko

國籍／哪裡

国<ruby>くに</ruby>／どこ
kuni　doko

籍貫，畢業／哪裡

ご出身<ruby>しゅっしん</ruby>／どちら
goshusshin　dochira

廁所是那裡嗎？

トイレはあそこですか。
toire　wa asoko　desuka

車站是這裡嗎？

駅<ruby>えき</ruby>はここですか。
eki wa koko desuka

▢嗎？
名詞＋は＋形容詞＋ですか。
wa　　　　　　desuka

8

這個／好吃

これ／おいしい
kore　　oishii

價錢／貴

値段<ruby>ねだん</ruby>／高<ruby>たか</ruby>い
nedan　takai

房間／整潔

部屋<ruby>へや</ruby>／きれい
heya　　kiree

這裡痛嗎？

ここは痛<ruby>いた</ruby>いですか。
koko wa itai desuka

車站遠嗎？

駅<ruby>えき</ruby>は遠<ruby>とお</ruby>いですか。
eki wa tooi desuka

9

不是 ☐ 。

名詞＋ではありません。
dewa arimasen

 MP3 03

河川	派出所	公車	紅茶
かわ	こうばん		こうちゃ
川	**交番**	**バス**	**紅茶**
kawa	kooban	basu	koocha

不是義大利人。

イタリア人ではありません。
じん
itaria-jin dewa arimasen

不是字典。

辞書ではありません。
じ しょ
jisho dewa arimasen

10

☐ 喔！

形容詞＋ですね。
desune

甜的	苦的	有趣的	方便
あま	にが	おもしろ	べん り
甘い	**苦い**	**面白い**	**便利**
amai	nigai	omoshiroi	benri

好熱喔！

暑いですね。
あつ
atsui desune

好冷喔！

寒いですね。
さむ
samui desune

11

☐☐喔！

形容詞＋名詞＋ですね。
desune

好／天氣

いい／天気
ii　　tenki

好吃的／店

おいしい／店
oishii　　mise

熱鬧的／地方

にぎやかな／ところ
nigiyaka na　　tokoro

好漂亮的人喔！

きれいな人ですね。
kiree na hito desune

好愉快的旅行喔！

楽しい旅行ですね。
tanoshii ryokoo desune

12

☐☐吧！

名詞＋でしょう。
deshoo

雨

雨
ame

雪

雪
yuki

風

風
kaze

颱風

台風
taifuu

是晴天吧！

晴れでしょう。
hare deshoo

是陰天吧！

曇りでしょう。
kumori deshoo

名詞（を）＋ます。
o　　　　masu

MP3 04 **13**

音樂／聽

おんがく　き
音楽を／聞き
ongaku o　kiki

相片／照相

しゃしん　と
写真を／撮り
shashin o　tori

花／開

はな　　さ
花が／咲き
hana ga　saki

吃飯。

はん　た
ご飯を食べます。
go-han o tabemasu

抽煙。

す
タバコを吸います。
tabako o suimasu

從　　　來。

名詞＋から来ました。
き
kara　kimasita

中國

ちゅうごく
中国
chuugoku

英國

イギリス
igirisu

法國

フランス
furansu

印度

インド
indo

從台灣來。

タイワン　　　き
台湾から来ました。
taiwan kara kimashita

從美國來。

き
アメリカから来ました。
amerika kara kimashita

＿＿＿吧！
名詞（を…）＋ましょう。
o　　　　mashyoo

15

唱歌
歌<ruby>を</ruby>歌<ruby>うた</ruby>い
uta o utai

打網球
テニスをし
tenisu o shi

去買東西
買<ruby>か</ruby>い物<ruby>もの</ruby>に行<ruby>い</ruby>き
kaimono ni iki

打電動玩具吧！

ゲームをしましょう。
geemu o shimashoo

看電影吧！

映画<ruby>えいが</ruby>を見<ruby>み</ruby>ましょう。
eega o mimashoo

給我＿＿＿。
名詞＋をください。
o　kudasai

16

地圖
地図<ruby>ちず</ruby>
chizu

毛衣
セーター
seetaa

咖啡
コーヒー
koohii

壽司
寿司<ruby>すし</ruby>
shushi

請給我牛肉。

ビーフをください。
biifu o kudasai

給我這個。

これをください。
kore o kudasai

17

給我 ■■■ 。

數量＋ください。
kudasai

MP3 05

兩張	3本	一個	一人份
に まい **2枚**	さんさつ **3冊**	いっ こ **一個**	いちにんまえ **一人前**
nimai	sansatsu	ikko	ichinin-mae

給我一個。

ひと
一つください。
hitotsu kudasai

給我一堆。

ひとやま
一山ください。
hitoyama kudasai

18

給我 ■■■ 。

名詞＋を＋數量＋ください。
o　　　　kudasai

啤酒／一杯	毛巾／兩條	生魚片／兩人份
いっぱい **ビール／一杯**	に まい **タオル／2枚**	さし み　　に にんまえ **刺身／2人前**
biiru　　ippai	taoru　　nimai	sashimi　ninin-mae

給我一個披薩。

ひと
ピザを一つください。
piza o hitotsu kudasai

給我兩張車票。

きっ ぷ　　に まい
切符を2枚ください。
kippu o nimai kudasai

給我 □□□ 。
動詞＋ください。
kudasai

19

等一下	開	給我看一下	說
待って	開けて	見せて	言って
matte	akete	misete	itte

拿給我看一下。

見せてください。
misete kudasai

請告訴我。

教えてください。
oshiete kudasai

請 □□□ 。
名詞（を…）＋動詞＋ください。
o　　　　　　　kudasai

20

房間／打掃	向右／轉	用漢字／寫
部屋を／掃除して	右に／曲がって	漢字で／書いて
heya o　soojishite	migi ni　magatte	kanji de　kaite

請換房間。

部屋を変えてください。
heya o kaete kudasai

請叫警察。

警察を呼んでください。
keesatsu o yonde kudasai

請 ___ 。

形容詞 + 動詞 + ください。
kudasai

MP3 06 **21**

短／縮短	便宜／賣	簡單／說明
短く／つめて	安く／売って	やさしく／説明して
mijikaku　tsumete	yasuku　utte	yasashiku　setsumeeshite

趕快起床。

早く起きてください。
hayaku okite kudasai

打掃乾淨。

きれいに掃除してください。
kiree ni sooji shite kudasai

請弄 ___ 。

形容詞 + してください。
shite kudasai

亮	暖	短	乾淨
明るく	暖かく	短く	きれいに
akaruku	atatakaku	mijikaku	kiree ni

請算便宜一點。

安くしてください。
yasuku shite kudasai

請快一點。

早くしてください。
hayaku shite kudasai

☐ 多少錢？
名詞＋いくらですか。
ikura desuka

23

唱片	耳環	太陽眼鏡	比基尼
レコード	**イヤリング**	**サングラス**	**ビキニ**
rekoodo	iyaringu	sangurasu	bikini

這個多少錢？

これいくらですか。
kore ikura desuka

大人需要多少錢？

大人いくらですか。
おとな
otona ikura desuka

☐ 多少錢？
數量＋いくらですか。
ikura desuka

24

一套	一台	一雙	一盒
いっちゃく	いちだい	いっそく	
一着	**一台**	**一足**	**ワンパック**
ittchaku	ichidai	issoku	wanpakku

一個多少錢？

ひと
一ついくらですか。
hitotsu ikura desuka

一個小時多少錢？

いち じ かん
一時間いくらですか。
ichijikan ikura desuka

▢多少錢？
名詞＋數量＋いくらですか。
ikura desuka

MP3 07 | **25**

鞋／一雙	相機／一台	青蔥／一把
くつ／一足	カメラ／一台	ねぎ／一束
kutsu issoku	kamera ichidai	negi hitotaba

這個一個多少錢？

これ、一ついくらですか。
kore, hitotsu ikura desuka

生魚片一人份多少錢？

刺身、一人前いくらですか。
sashimi, ichinin-mae ikura desuka

有▢嗎？
名詞＋はありますか。
wa arimasuka

26

健身房	保險箱	游泳池	衛星節目
ジム	金庫	プール	衛星放送
jimu	kinko	puuru	eesee hoosoo

有報紙嗎？

新聞はありますか。
shinbun wa arimasuka

有位子嗎？

席はありますか。
seki wa arimasuka

27

有 ▢▢▢ 嗎？

場所＋はありますか。
wa arimasuka

電影院	公園	飯店	旅館
えいがかん	こうえん		りょかん
映画館	**公園**	**ホテル**	**旅館**
eegakan	kooen	hoteru	ryokan

有郵局嗎？

ゆうびんきょく
郵便局はありますか。
yuubinkyoku wa arimasuka

有大眾澡堂嗎？

せんとう
銭湯はありますか。
sentoo wa arimasuka

28

有 ▢▢▢ 嗎？

形容詞＋名詞＋はありますか。
wa arimasuka

大／房間	便宜／旅館	黑色／高跟鞋
おお　　　　へ　や	やす　　りょかん	くろ
大きい／部屋	**安い／旅館**	**黒い／ハイヒール**
ookii　　heya	yasui　ryokan	kuroi　haihiiru

有便宜的位子嗎？

やす　せき
安い席はありますか。
yasui seki wa arimasuka

有紅色的裙子嗎？

あか
赤いスカートはありますか。
akai sukaato wa arimasuka

□□□在哪裡？

場所＋はどこですか。
wa doko desuka

百貨公司	超市	棒球場	美容院
デパート	スーパー	野球場（やきゅうじょう）	美容院（びよういん）
depaato	suupaa	yakyuujoo	biyooin

廁所在哪裡？

トイレはどこですか。
toire wa doko desuka

便利商店在哪裡？

コンビニはどこですか。
konbini wa doko desuka

麻煩□□□。

名詞＋をお願（ねが）いします。
o onegai shimasu

點菜	兌換外幣	到房服務	住宿登記
注文（ちゅうもん）	両替（りょうがえ）	ルームサービス	チェックイン
chuumon	ryoogae	ruumusaabisu	chekkuin

麻煩幫我搬行李。

荷物（にもつ）をお願（ねが）いします。
nimotsu o onegai shimasu

麻煩結帳。

お勘定（かんじょう）をお願（ねが）いします。
okanjoo o onegai shimasu

31

麻煩（用）＿＿＿＿。

名詞＋でお願いします。
de onegai shimasu

海運	包裹	分開（算錢）	飯前
船便 ふなびん funabin	**小包** こづつみ kozutsumi	**別々** べつべつ betsubetsu	**食前** しょくぜん shokuzen

麻煩幫我寄空運。

航空便でお願いします。
こうくうびん　ねが
kookuuubin de onegai shimasu

麻煩，我刷卡。

カードでお願いします。
ねが
kaado de onegai shimasu

32

麻煩，我要到＿＿＿＿。

場所＋までお願いします。
made　onegai shimasu

郵局	電影院	百貨公司	這裡
郵便局 ゆうびんきょく yuubinkyoku	**映画館** えいがかん eegakan	**デパート** depaato	**ここ** koko

麻煩我到車站。

駅までお願いします。
えき　　ねが
eki made onegai shimasu

麻煩我到飯店。

ホテルまでお願いします。
ねが
hoteru made onegai shimasu

33

請給我 ＿＿＿＿ 。

名詞＋数量＋お願いします。
onegai shimasu

MP3 09

套裝／一套	相機／一台	襯衫／一件
スーツ／一着	カメラ／一台	シャツ／一枚
suutsu　icchaku	kamera　ichidai	shatsu　ichimai

請給我成人票一張。

大人一枚お願いします。
otona ichimai onegai shimasu

請給我一瓶啤酒。

ビール一本お願いします。
biiru ippon onegai shimasu

34

＿＿＿＿ 如何？

名詞＋はどうですか。
wa doo desuka

夏威夷	壽司	黑輪	星期天
ハワイ	寿司	おでん	日曜日
hawai	sushi	oden	nichiyoobi

烤肉如何？

焼肉はどうですか。
yakiniku wa doo desuka

旅行怎麼樣？

旅行はどうですか。
ryokoo wa doo desuka

35

☐的☐如何？

時間＋の＋名詞＋はどうですか。
no　　　　　wa doo desuka

今天／天氣
今日／天気
きょう　てんき
kyoo　tenki

昨天／音樂會
昨日／音楽会
きのう　おんがくかい
kinoo　ongakukai

上個月／旅行
先月／旅行
せんげつ　りょこう
sengetsu　ryokoo

今年的運勢如何？
今年の運勢はどうですか。
ことし　うんせい
kotoshi no unsee wa doo desuka

昨天的考試如何？
昨日の試験はどうですか。
きのう　しけん
kinoo no shiken wa doo desuka

36

我要☐。

名詞＋がいいです。
ga ii desu

這個
これ
kore

西瓜
スイカ
suika

拉麵
ラーメン
raamen

果汁
ジュース
juusu

我要咖啡。
コーヒーがいいです。
koohii ga ii desu

我要天婦羅。
てんぷらがいいです。
tenpura ga ii desu

我要 ___ 。

形容詞（の、なの）＋がいいです。
no　nano　　ga ii desu

MP3 10　**37**

小的	藍的	短的	漂亮的
ちい 小さいの	あお 青いの	みじか 短いの	きれいなの
chiisai no	aoi no	mijikai no	kiree na no

我要大的。

おお
大きいのがいいです。

ookii noga ii desu

我要方便的。

べん り
便利なのがいいです。

benri na noga ii desu

可以 ___ 嗎？

動詞＋もいいですか。
mo ii desuka

38

吃	坐	摸	聽
た 食べて	すわ 座って	さわ 触って	き 聞いて
tabete	suwatte	sawatte	kiite

可以喝嗎？

の
飲んでもいいですか。

nondemo ii desuka

可以試穿嗎？

し ちゃく
試着してもいいですか。

shichaku shitemo ii desuka

39

可以 ___ 嗎？

名詞（を…）＋動詞＋もいいですか。
o　　　　　　　　　mo ii desuka

相／照	在這裡／寫	啤酒／喝
写真を／撮って	ここに／書いて	ビールを／飲んで
shashin o　totte	koko ni　　kaite	biiru o　　　nonde

可以抽煙嗎？

タバコを吸ってもいいですか。
tabako o suttemo ii desuka

這裡可以坐嗎？

ここに座ってもいいですか。
koko ni suwattemo ii desuka

40

想 ___ 。

動詞＋たいです。
tai desu

玩	走	游泳	買
遊び	歩き	泳ぎ	買い
asobi	aruki	oyogi	kai

想吃。

食べたいです。
tabe tai desu

想聽。

聞きたいです。
kiki tai desu

41

我想到 ___ 。

場所＋まで、行きたいです。
made, iki tai desu

 MP3 11

新宿	原宿	青山	池袋
しんじゅく	はらじゅく	あおやま	いけぶくろ
新宿	**原宿**	**青山**	**池袋**
shinjuku	harajuku	aoyama	ikebukuro

我想到澀谷。

渋谷駅まで行きたいです。
しぶやえき　　い
shibuya-eki made ikitai desu

我想到成田機場。

成田空港まで行きたいです。
なりたくうこう　　い
narita-kuukoo made ikitai desu

42

想 ___ 。

名詞＋を（に）＋動詞＋たいです。
o ni tai desu

煙火／看	演唱會／聽	料理／吃
はなび　み		りょうり　た
花火／見	**コンサート／行き**	**料理／食べ**
hanabi mi	konsaato iki	ryoori tabe

我想泡溫泉。

温泉に入りたいです。
おんせん　はい
onsen ni hairi tai desu

我想預約房間。

部屋を予約したいです。
へや　よやく
heya o yoyaku shi tai desu

43

我在找 ___。

名詞＋を探しています。
o saga shite imasu

褲子	球鞋	領帶	唱片
ズボン	**スニーカー**	**ネクタイ**	**レコード**
zubon	suniikaa	nekutai	rekoodo

我在找裙子。

スカートを探しています。
sukaato o sagashite imasu

我在找雨傘。

傘を探しています。
kasa o sagashite imasu

44

我要 ___。

名詞＋がほしいです。
ga hosii desu

錄音帶	錄影機	底片	收音機
テープ	**ビデオカメラ**	**フィルム**	**ラジオ**
teepu	bideokamera	fuirumu	rajio

我想要鞋子。

靴がほしいです。
kutsu ga hoshii desu

我想要香水。

香水がほしいです。
koosui ga hoshii desu

很會 ____。

名詞＋が上手です。
ga joozu desu

MP3 12 **45**

煮菜	籃球	英語	日語
料理	バスケットボール	英語	日本語
ryoori	basukettobooru	eego	nihongo

很會唱歌。

歌が上手です。
uta ga joozu desu

很會打網球。

テニスが上手です。
tenisu ga joozu desu

太 ____。

形容詞＋すぎます。
sugimasu

46

低	小	快	重
低	小さ	速	重
hiku	chiisa	haya	omo

太貴。

高すぎます。
taka sugimasu

太大。

大きすぎます。
ooki sugimasu

喜歡▢▢。
名詞＋が好きです。
ga suki desu

網球	釣魚	兜風	爬山
テニス	つり	ドライブ	登山
tenisu	tsuri	doraibu	tozan

喜歡漫畫。

漫画が好きです。

manga ga suki desu

喜歡電玩。

ゲームが好きです。

geemu ga suki desu

對▢▢感興趣。
名詞＋に興味があります。
ni kyoomi ga arimasu

歷史	經濟	電影	藝術
歴史	経済	映画	芸術
rekishi	keezai	eega	geejutsu

對音樂有興趣。

音楽に興味があります。

ongaku ni kyoomi ga arimasu

對漫畫有興趣。

漫画に興味があります。

manga ni kyoomi ga arimasu

49

在 □ 有 □ 。

場所＋で＋慶典＋があります。
de　　　ga arimasu

 MP3 13

青森／睡魔祭
青森／ねぶた祭
aomori　nebuta-matsuri

徳島／阿波舞祭
徳島／阿波踊り
tokushima　awa-odori

仙台／七夕祭
仙台／七夕祭
sendai　tanabata-matsuri

浅草有慶典。
浅草でお祭があります。
asakusa de o-matsuri ga arimasu

札幌有雪祭。
札幌で雪祭があります。
sapporo de yuki-matsuri ga arimasu

50

□ 痛。

身體＋が痛いです。
ga itai desu

肚子
おなか
onaka

腰
腰
koshi

膝蓋
ひざ
hiza

牙歯
歯
ha

頭痛。
頭が痛いです。
atama ga itai desu

腳痛。
足が痛いです。
ashi ga itai desu

51

▢ 丟了。

物品＋をなくしました。
o nakushimashita

票	信用卡	護照	外套
チケット	**カード**	**パスポート**	**コート**
chiketto	kaado	pasupooto	kooto

錢包丟了。

財布をなくしました。
saifu o nakushimashita

相機丟了。

カメラをなくしました。
kamera o nakushimashita

52

▢ 忘在 ▢ 了。

場所＋に＋物品＋を忘れました。
ni o wasuremashita

桌上／車票

テーブルの上／切符
teeburu no ue kippu

浴室／手錶

バスルーム／腕時計
basu-ruumu ude-dokee

包包忘在巴士上了。

バスにかばんを忘れました。
basu ni kabann o wasuremashita

鑰匙忘在房間了。

部屋に鍵を忘れました。
heya ni kagi o wasuremashita

53

___被偷了。

物品＋を盗<ruby>盗<rt>ぬす</rt></ruby>まれました。

o nusumaremashita

 MP3 14

錢包	照相機	手錶	筆記電腦
<ruby>財布<rt>さい ふ</rt></ruby>	カメラ	<ruby>腕時計<rt>うで ど けい</rt></ruby>	ノートパソコン
saifu	kamera	ude-dokee	nooto-pasokon

包包被偷了。

かばんを<ruby>盗<rt>ぬす</rt></ruby>まれました。

kaban o nusumaremashita

錢被偷了。

<ruby>現金<rt>げんきん</rt></ruby>を<ruby>盗<rt>ぬす</rt></ruby>まれました。

genkin o nusumaremashita

54

我想___。

句子＋と思<ruby>思<rt>おも</rt></ruby>っています。

to omottte imasu

想當老師	想住在郊外	想到國外旅行
<ruby>先生<rt>せんせい</rt></ruby>になりたい	<ruby>郊外<rt>こうがい</rt></ruby>に<ruby>住<rt>す</rt></ruby>みたい	<ruby>海外旅行<rt>かいがいりょこう</rt></ruby>したい
sensee ni naritai	koogai ni sumitai	kaigai ryokoo shitai

我想去日本。

<ruby>日本<rt>に ほん</rt></ruby>に<ruby>行<rt>い</rt></ruby>きたいと<ruby>思<rt>おも</rt></ruby>っています。

nihon ni ikitai to omottte imasu

我認為那個人是犯人。

あの<ruby>人<rt>ひと</rt></ruby>が<ruby>犯人<rt>はんにん</rt></ruby>だと<ruby>思<rt>おも</rt></ruby>っています。

ano hito ga hanninda to omotte imasu

1 你好　　↘ MP3 15

早安。

おはようございます。

ohayoo gozaimasu

你好。（白天）

こんにちは。

konnichiwa

你好。（晚上）

こんばんは。

konbanwa

晚安。（睡前）

おやすみなさい。

oyasuminasai

謝謝。

どうも。

doomo

2 再見　　↘ MP3 16

再見。

さようなら。

sayoonara

再見。

失礼^{しつれい}します。

shitsuree shimasu

再見。

それでは。

soredewa

再見。

バイバイ。

baibai

再見。

じゃあね。

jaane

一路小心。

お気^きをつけて。

oki o tsukete

3 回答 ↘ MP3 17

是。
はい。
hai

對，沒錯。
はい、そうです。
hai, soo desu

知道了。
わかりました。
wakarimashita

知道了。
かしこまりました。
kashikomarimashita

知道了。
承知しました。
しょう ち
shoochi shimashita

這樣啊！
そうですか。
soodesuka

4 謝謝 ↘ MP3 18

謝謝您了。
ありがとうございました。
arigatoo gozaimashita

謝謝。
どうも。
doomo

不好意思。
すみません。
sumimasen

您真親切，謝謝。
ご親切にどうもありがとう。
しんせつ
go-shinsetsu ni doomo arigatoo

謝謝照顧。
お世話になりました。
せ わ
osewa ni narimashita

非常感謝了。
どうもすみません。
doomo sumimasen

5 不客氣啦 ↘ 19

不會。

いいえ。

iie

不客氣。

どういたしまして。

doo itashimashite

不要緊。

大丈夫ですよ。

daijoobu desuyo

我才抱歉。

こちらこそ。

kochira koso

不要在意。

気にしないで。

ki ni shinaide

哪裡，別放在心上。

いいえ、かまいません。

iie, kamaimasen

6 真對不起 ↘ MP3 20

對不起。

すみません。

sumimasen

失禮了。

失礼しました。

shitsuree shimashita

對不起。

ごめんなさい。

gomen nasai

抱歉。

申し訳ありません。

mooshiwake arimasen

麻煩您很多。

ご迷惑をおかけしました。

go-meewaku o okakeshimashita

真對不起。

大変失礼しました。

taihen shitsuree shimashita

7 借問一下 ↘ 21

不好意思。

すみません。

sumimasen

可以耽誤一下嗎？

ちょっといいですか。

chotto ii desuka

打擾一下。

ちょっとすみません。

chotto sumimasen

請問一下。

ちょっとうかがいますが。

chotto ukagaimasuga

關於旅行的事…。

旅行^{りょこう}のことですが…。

ryokoo no koto desuga...

請問…。

あのう…。

anoo...

8 現在幾點了 ↘ 22

現在幾點？

今^{いま}は何時^{なんじ}ですか。

ima wa nanji desuka

這是什麼？

これは何^{なん}ですか。

kore wa nan desuka

這裡是哪裡？

ここはどこですか。

koko wa doko desuka

那是怎麼樣的書？

それはどんな本^{ほん}ですか。

sore wa donna hon desuka

河川名叫什麼？

なんていう川^{かわ}ですか。

nante iu kawa desuka

① 我姓李　↘ 23

我姓 　　 。

姓氏 ＋です。
desu

田中
<ruby>田中<rt>た なか</rt></ruby>
tanaka

史密斯
スミス
sumisu

李
<ruby>李<rt>り</rt></ruby>
ri

阿力
あり
ari

敝姓 　　 。

姓氏 ＋と申します。
to mooshimasu

山田
<ruby>山田<rt>やま だ</rt></ruby>
yamada

塔瓦
タワー
tawaa

金
キム
kimu

哈力
ハリー
harii

鈴木
<ruby>鈴木<rt>すず き</rt></ruby>
suzuki

佐藤
<ruby>佐藤<rt>さ とう</rt></ruby>
satoo

木村
<ruby>木村<rt>き むら</rt></ruby>
kimura

例句

你好，我姓楊。

はじめまして、楊といいます。

hajimemashite, yoo to iimasu

我是木村，請多指教。

木村です。よろしくお願いします。

kimura desu.yoroshiku onegai shimasu

我才是，請多指教。

こちらこそ、よろしく。

kochirakoso, yoroshiku

您從哪裡來？

どこからいらっしゃいましたか。

doko kara irasshaimashitaka

幸會幸會！

お会いできてうれしいです。

oai-dekite ureshii desu

小 小 專 欄

花語（一）

花言葉（一）

櫻花

桜

優雅的美人

優れた美人

牽牛花

朝顔

短暫的戀情

はかない恋

杜鵑花

ツツジ

向日葵

ひまわり

熱情的愛

愛の情熱

眼中只有你

あなたを見つめる

② 我從台灣來的 ↘ MP3 24

我從 □ 來。

國名＋から来ました。
kara kimashita

台灣
タイワン
台湾
taiwan

中國
ちゅうごく
中國
chuugoku

日本
に ほん
日本
nihon

韓國
かんこく
韓国
kankoku

德國
ドイツ
doitsu

英國
イギリス
igirisu

美國
アメリカ
amerika

越南
ベトナム
betonamu

法國
フランス
furansu

泰國
タイ
tai

印度
インド
indo

荷蘭
オランダ
oranda

西班牙
スペイン
supein

例句

您是哪國人？

お<ruby>国<rt>くに</rt></ruby>はどちらですか。

o-kuni wa dochira desuka

我是台灣人。

<ruby>私<rt>わたし</rt></ruby>は<ruby>台湾人<rt>タイワンじん</rt></ruby>です。

watashi wa taiwan-jin desu

我畢業於日本大學。

<ruby>私<rt>わたし</rt></ruby>は<ruby>日本<rt>にほん</rt></ruby> <ruby>大学出身<rt>だいがくしゅっしん</rt></ruby>です。

watashi wa nihon-daigaku shusshin desu

我從台北來的。

<ruby>私<rt>わたし</rt></ruby>は、<ruby>台北<rt>タイペイ</rt></ruby>から<ruby>来<rt>き</rt></ruby>ました。

watashi wa, taipee kara kimashita

你呢？

あなたは。

anata wa

我從美國來的。

<ruby>私<rt>わたし</rt></ruby>はアメリカから<ruby>来<rt>き</rt></ruby>ました。

watashi wa amerika kara kimashita

小小專欄

花語（二）
<ruby>花言葉<rt>はなことば</rt></ruby>（二）

蒲公英
たんぽぽ

玫瑰花
バラ

熱烈的戀情
<ruby>熱烈<rt>ねつれつ</rt></ruby>な<ruby>恋<rt>こい</rt></ruby>

分離
<ruby>別離<rt>べつり</rt></ruby>

繡球花
アジサイ

鬱金香
チューリップ

見異思遷
<ruby>浮気<rt>うわき</rt></ruby>

宣告戀情
<ruby>恋<rt>こい</rt></ruby>の<ruby>宣言<rt>せんげん</rt></ruby>

③ 我是粉領族 ↘ MP3 25

我是 _____。

職業＋です。
desu

主婦
しゅ ふ
主婦
shufu

店員
てんいん
店員
tenin

模特兒
モデル
moderu

大學生
だいがくせい
大学生
daigakusee

粉領族
オーエル
OL
ooeru

醫生
い しゃ
医者
isha

護士
かん ご し
看護士
kangoshi

上班族
かいしゃいん
会社員
kaishain

老師
せんせい
先生
sensee

學生
がくせい
学生
gakusee

記者
き しゃ
記者
kisha

作家
さっ か
作家
sakka

司機
うんてんしゅ
運転手
untenshu

演員
はいゆう
俳優
haiyuu

工程師
エンジニア
enjinia

例句

您從事哪種行業？

お仕事は何ですか。
o-shigoto wa nan desuka

我是日語老師。

日本語教師です。
nihongo kyooshi desu

我在貿易公司工作。

貿易会社で働いています。
booeki-gaisha de hataraite imasu

大學老師。

大学の教師です。
daigaku no kyooshi desu

連續劇的製作人。

ドラマのプロデューサーです。
dorama no puroduusaa desu

在汽車公司上班。

車会社に勤めています。
kuruma-gaisha ni tsutomete imasu

開花店。

花屋をやっています。
hanaya o yatte imasu

小 小 專 欄

煙火
花火

暑間問候（的信）
暑中お見舞い

圓扇
うちわ

浴衣
浴衣

慶典
祭り

剉冰
カキ氷

① 這是我弟弟啦　↓ 26

這是 ____ 。

これは＋名詞＋です。
kore wa　　　　　　desu

哥哥
あに
兄
ani

姉姉
あね
姉
ane

妹妹
いもうと
妹
imooto

弟弟
おとうと
弟
otooto

祖父
そ ふ
祖父
sofu

祖母
そ ぼ
祖母
sobo

父親
ちち
父
chichi

母親
はは
母
haha

我
わたし
私
watashi

伯伯、叔叔
お じ
叔父
oji

伯母、阿姨
お ば
叔母
oba

丈夫
おっと
夫
otto

兒子
むす こ
息子
musuko

妻子
つま
妻
tsuma

女兒
むすめ
娘
musume

例句

這個人是誰？

この人は誰ですか？

kono hito wa dare desuka

弟弟比我小兩歲。

弟は私より２歳下です。

otooto wa watashi yori nisai shita desu

我有兩個兄弟(姊妹)。

兄弟は二人います。

kyoodai wa futari imasu

這是我父母。

父と母です。

chichi to haha desu

我有一個弟弟。

弟が一人います。

otooto ga hitori imasu

我是獨子。

私は一人っ子です。

watashi wa hitorikko desu

這是我哥哥和姊姊。

これは、兄と姉です。

kore wa ani to ane desu

這是我女兒。

これはうちの娘です。

kore wa uchi no musume desu

小 小 專 欄

12生肖

12支（一）

 鼠 ね

 牛 うし

 虎 とら

 兔 う

 龍 たつ

 蛇 み

② 哥哥是賣車的 ↘  MP3 27 | 例句

哥哥是行銷員。

兄はセールスマンです。
ani wa seerusu-man desu

你哥哥在哪家公司上班？

お兄さんの会社はどちらですか。
onii-san no kaisha wa dochira desuka

ABC汽車。

ABC自動車です。
eebiishii jidoo-sha desu

你妹妹從事什麼工作？

妹さんのお仕事は。
imooto-san no oshigoto wa

當公司秘書。

会社で秘書をしています。
kaisha de hisho o shite imasu

打零工的。

フリーターです。
furiitaa desu

小 小 專 欄

12生肖

12支（二）

 馬 うま

 羊 ひつじ

 猴 さる

 雞 とり

 狗 いぬ

 豬 い

▢ 公司。

名詞 ＋ の会社です。
かいしゃ
no kaisha desu

汽車
くるま
車
kuruma

鞋子
くつ
靴
kutsu

食品
しょくひん
食品
shokuhin

葡萄酒
ワイン
wain

製造機器
き かいせいぞう
機械製造
kikai-seezoo

藥品
くすり
薬
kusuri

旅行
りょこう
旅行
ryokoo

通路（商品）
りゅうつう
流通
ryuutsuu

電腦
コンピューター
konpyuutaa

電器機器
でん き き き
電気機器
denki-kiki

3 我姉姉人有點性急 ↘ MP3 28

我姉姉 ⬜⬜⬜ 。

姉は＋形容詞＋です。
ane wa ／ desu

活潑
明_{あか}るい
akarui

有一點性急
少_{すこ}し短気_{たんき}
sukoshi tanki

溫柔
やさしい
yasashii

頑固
頑固_{がんこ}
ganko

可愛
かわいい
kawaii

好強
気_きが強_{つよ}い
ki ga tsuyoi

一絲不苟
几帳面_{きちょうめん}
kichoomen

爽朗
陽気_{ようき}
yooki

朝氣蓬勃
元気_{げんき}
genki

風趣
おもしろい
omoshiroi

樂天, 慢條斯理
のんき
nonki

例句

姉姉不小氣。

<ruby>姉<rt>あね</rt></ruby>はけちではありません。

ane wa kechi dewa arimasen

姉姉沒有男朋友。

<ruby>姉<rt>あね</rt></ruby>は<ruby>彼氏<rt>かれし</rt></ruby>がいません。

ane wa kareshi ga imasen

我姉姉會喝酒。

<ruby>姉<rt>あね</rt></ruby>は<ruby>お酒<rt>さけ</rt></ruby>を<ruby>飲<rt>の</rt></ruby>みます。

ane wa osake o nomimasu

姉姉朋友很多。

<ruby>姉<rt>あね</rt></ruby>は<ruby>友<rt>とも</rt></ruby>だちが<ruby>多<rt>おお</rt></ruby>いです。

ane wa tomodachi ga ooi desu

我姉姉喜歡看電影。

<ruby>姉<rt>あね</rt></ruby>は<ruby>映画<rt>えいが</rt></ruby>が<ruby>好<rt>す</rt></ruby>きです。

ane wa eega ga suki desu

我姉姉住在東京。

<ruby>姉<rt>あね</rt></ruby>は<ruby>東京<rt>とうきょう</rt></ruby>に<ruby>住<rt>す</rt></ruby>んでいます。

ane wa tookyoo ni sunde imasu

我姉姉一個人住。

<ruby>姉<rt>あね</rt></ruby>は<ruby>一人暮<rt>ひとりぐ</rt></ruby>らしです。

ane wa hitori-gurashi desu

小 小 專 欄

日本錢

<ruby>日本<rt>にほん</rt></ruby>の<ruby>お金<rt>かね</rt></ruby>だ！

一圓
<ruby>一円<rt>いちえん</rt></ruby>

5圓
<ruby>5円<rt>ごえん</rt></ruby>

10圓
<ruby>10円<rt>じゅうえん</rt></ruby>

50圓
<ruby>50円<rt>ごじゅうえん</rt></ruby>

100圓
<ruby>100円<rt>ひゃくえん</rt></ruby>

500圓
<ruby>500円<rt>ごひゃくえん</rt></ruby>

1000圓
<ruby>1000円<rt>せんえん</rt></ruby>
（夏目漱石）

2000圓
<ruby>2000円<rt>にせんえん</rt></ruby>
（沖繩守禮門）

5000圓
<ruby>5000円<rt>ごせんえん</rt></ruby>
（新渡部稻造）

一萬圓
<ruby>10000円<rt>いちまんえん</rt></ruby>
（福澤諭吉）

① 今天真熱 ↘ 🎵 MP3 29

今天 ［　　］。

今日は＋形容詞＋ですね。
kyoo wa desuna

熱
あつ
暑い
atsui

溫暖
あたた
暖かい
atatakai

涼爽
すず
涼しい
suzusii

冷
さむ
寒い
samui

潮濕的
しめ
湿っぽい
shimeppoi

多雨
あめ
雨がち
ame-gachi

多雲
くもりがち
kumori-gachi

例句

今天是好天氣。

きょう　　　　てん き
今日はいい天気ですね。
kyoo wa ii tenki desune

正在下雨。

あめ　　ふ
雨が降っています。
ame ga futte imasu

早上是晴天。

あさ　は
朝は晴れていました。
asa wa harete imashita

雲層很厚。

くも　　おお
雲が多いです。
kumo ga ooi desu

風很強。

かぜ　　つよ
風が強いです。
kaze ga tsuyoi desu

據說下午好像會下雨。

ご ご　　あめ　　ふ
午後は雨が降るそうです。
gogo wa ame ga furu soo desu

明天有颱風。

あした　　たいふう　　き
明日は台風が来ます。
ashita wa taifu ga kimasu

2 東京天氣如何 ↘ 30

東京的 [　　] 如何？

東京の＋四季＋はどうですか。
tookyoo no　　　　wa doo desuka

春天
春
haru

冬天
冬
fuyu

夏天
夏
natsu

秋天
秋
aki

例句

東京夏天很熱。

東京の夏は暑いです。
tookyoo no natsu wa atsui desu

但是冬天很冷。

でも、冬は寒いです。
demo, fuyu wa samui desu

你的國家怎麼樣？

あなたの国はどうですか。
anata no kuni wa doo desuka

我的國家一直都很熱。

私の国は、いつも暑いです。
watashi no kuni wa, itsumo atsui desu

下很多雨。

雨がたくさん降ります。
ame ga takusan furimasu

北海道的夏天呢？

北海道の夏はどうですか。
hokkaidoo no natsu wa doo desuka

很涼快。

涼しいです。
suzushii desu

3 明天會下雨吧 ↘ MP3 31　明天會 ▢ 吧！

あした
明日は＋名詞＋でしょう。
ashita wa　　deshyoo

晴天
は
晴れ
hare

陰天
くも
曇り
kumori

晴時多雲
は ときどきくも
晴れ時々曇り
hare tokidoki kumori

下雪
ゆき
雪
yuki

雨天
あめ
雨 ame

多雲短陣雨
くも ときどき あめ
曇り時々にわか雨
kumori tokidoki niwaka ame

晴後多雲
は くも
晴れのち曇り
hare nochi kumori

例句

明天下雨吧！
あした あめ
明日は雨でしょう。
ashita wa ame deshyoo

明天一整天都很溫暖吧！
あした いちにちじゅうあたた
明日は一日中 暖かいでしょう。
ashita wa ichinichijuu atatakai deshyoo

今晚天氣不知道如何？
こんばん てんき
今晩の天気はどうでしょう。
konban no tenki wa doo deshyoo

今晚天氣不錯吧！
こんばん てんき
今晩は、いい天気でしょう。
konban wa, ii tenki deshyoo

明天也是晴天嗎？
あした は
明日も晴れですか。
ashita mo hare desuka

下星期都會是好天氣吧！
らいしゅう てんき つづ
来週はいい天気が続くでしょう。
raishuu wa ii tenki ga tsuzuku deshyoo

週末天氣轉熱吧！
しゅうまつ あつ
週末は暑くなるでしょう。
shuumatsu wa atsuku naru deshyoo

4 東京8月天氣如何 MP3 32

東京 8月
東京 **8月**
とうきょう はちがつ
tookyoo hachigatsu

紐約 9月
ニューヨーク **9月**
く がつ
nyuuyooku kugatsu

___的___如何？

地名＋の＋月＋はどうですか。
no wa doo desuka

北京 9月
北京 **9月**
ペキン く がつ
pekin kugatsu

台北 12月
台北 **12月**
タイペイ じゅうにがつ
taipee juunigatsu

___如何？

地名＋はどうですか。
wa doo desuka

香港
香港
ホンコン
honkon

夏威夷
ハワイ
hawai

長野
長野
なが の
nagano

秋田
秋田
あき た
akita

函館
函館
はこだて
hakodate

日光
日光
にっこう
nikkoo

京都
京都
きょうと
kyooto

奈良
奈良
なら
nara

大阪
大阪
おおさか
oosaka

沖縄
沖縄
おきなわ
okinawa

1 我早上吃麵包 ↘ 33

吃 ⬜ 。

食物＋を食べます。
o tabemasu

麵包
パン
pan

粥
お粥
o-kayu

飯
ご飯
go-han

蛋糕
ケーキ
keeki

饅頭

お饅頭
o-manjuu

沙拉
サラダ
sarada

三明治
サンドイッチ
sandoicchi

例 句

早餐在家吃。

朝ご飯は家で食べます。
asagohan wa ie de tabemasu

吃了麵包和沙拉。

パンとサラダを食べました。
pan to sarada o tabemashita

偶爾吃粥。

時々おかゆを食べます。
tokidoki o-kayu o tabemasu

只喝咖啡。

コーヒーだけ飲みます。
koohii dake nomimasu

不吃早餐。

朝ご飯は食べません。
asagohan wa tabemasen

2 我喝果汁 ↘ MP3 34

喝 □ 。

飲料＋を飲みます。
の
o nomimasu

牛奶
ぎゅうにゅう
牛乳
gyuunyuu

果汁
ジュース
juusu

可樂
コーラ
koora

啤酒
ビール
biiru

礦泉水
ミネラルウォーター
mineraru-uootaa

紅茶
こうちゃ
紅茶
koocha

咖啡
コーヒー
koohii

可可亞
ココア
kokoa

例 句

你喜歡喝紅茶嗎？

こうちゃ　す
紅茶は好きですか。
koocha wa suki desuka

加牛奶嗎？

い
ミルクを入れますか。
miruku o iremasuka

喝咖啡不加牛奶跟糖。

の
コーヒーをブラックで飲みます。
koohii o burakku de nomimasu

喝豆漿。

とうにゅう　の
豆乳を飲みます。
toonyuu o nomimasu

喜歡喝酒。

さけ　す
お酒が好きです。
osake ga suki desu

常喝葡萄酒。

の
よくワインを飲みます。
yoku wain o nomimasu

和朋友一起喝啤酒。

ともだち　いっしょ　の
友達と一緒にビールを飲みます。
tomodachi to issho ni biiru o nomimasu

③ 我打網球 ↘ MP3 35

（做）□□□ 嗎？
運動＋をしますか。
o shimasuka

網球
テニス
tenisu

游泳
水泳（すいえい）
suiee

滑雪
スキー
sukii

高爾夫
ゴルフ
gorufu

籃球
バスケットボール
basuketto-booru

棒球
野球（やきゅう）
yakyuu

沖浪
サーフィン
saafin

乒乓
ピンポン
pinpon

足球
サッカー
sakkaa

羽毛球
バドミントン
badominton

釣魚
つり
tsuri

爬山
登山（とざん）
tozan

保齡球
ボーリング
booringu

滑板
スケートボード
sukeeto-boodo

慢跑
ジョギング
jogingu

例句

一星期做兩次運動。

週２回スポーツをします。

shuu nikai supootsu o shimasu

有時打保齡球。

時々ボーリングをします。

tokidoki booringu o shimasu

常去公園散步。

よく公園を散歩します。

yoku kooen o sanpo shimashu

去游泳。

プールへ泳ぎに行きます。

puuru e oyogi ni ikimasu

每天慢跑。

毎日ジョギングをします。

mainichi jogingu o shimasu

我常打網球。

よくテニスをします。

yoku tenisu o shimasu

我不常打高爾夫球。

ゴルフはあまりしません。

gorufu wa amari shimasen

我們一起打棒球吧！

みんなで野球をしましょうか。

minna de yakyuu o shimashyooka

我想去爬山。

山登りに行きたいです。

yama-nobori ni ikitai desu

下回我們一起去爬山吧！

今度一緒に山登りに行きましょう。

kondo issho ni yama-nobori ni ikimashyoo

好啊！去啊！

いいですね。行きましょう。

ii desune.ikimashoo

④ 假日我看電影 ↘ MP3 36

你假日做什麼？

Q：休（やす）みの日（ひ）は何（なに）をしますか。
yasumi no hi wa nani o shimasuka

看 ____ 。

A：名詞＋を見（み）ます。
o mimasu

電視
テレビ
terebi

職業棒球
プロ野球（やきゅう）
poro-yakyuu

書
本（ほん）
hon

狗
犬（いぬ）
inu

電影
映画（えいが）
eega

繪畫
絵（え）
e

錄影帶
ビデオ
bideo

日本電影
日本映画（にほんえいが）
nihon-eega

法國電影
フランス映画（えいが）
furansu-eega

例句

和男朋友約會。

彼氏とデートします。
かれ し

kareshi to deeto shimasu

和朋友說說笑笑。

友達とワイワイやります。
ともだち

tomodachi to waiwai yarimasu

在卡拉OK唱歌。

カラオケで歌を歌います。
うた　うた

karaoke de uta o utaimasu

跟大家去喝酒。

みんなで飲みに行きます。
の　い

minna de nomi ni ikimasu

在房間看書。

部屋で本を読みます。
へ や　ほん　よ

heya de hon o yomimasu

獨自一個人聽音樂。

一人で音楽をききます。
ひと り　おんがく

hitori de ongaku o kikimasu

跟媽媽去看電影。

母と映画に行きます。
はは　えい が　い

haha to eega ni ikimasu

跟朋友去買東西。

友だちと買い物をします。
とも　か　もの

tomodachi to kaimono o shimasu

跟大家一起打棒球。

みんなで野球をします。
や きゅう

minna de yakyuu o shimasu

跟小孩們玩。

子どもたちと遊びます。
こ　あそ

kodomo-tachi to asobimasu

在公園散步。

公園で散歩をします。
こうえん　さん ぽ

kooen de sanpo o shimasu

① 我喜歡運動 ↘ MP3 37

喜歡 ＿＿＿ 。

運動＋が好きです。
ga suki desu

高崖跳傘
パラグライダー
paraguraidaa

滑雪板
スノーボート
sunoobooto

風帆沖浪
ウィンドサーフィン
uindo-saafin

足球
サッカー
sakkaa

跳舞
ダンス
dansu

有氧舞蹈
エアロビクス
earo-bikusu

棒球
野球
yakyuu

柔道
柔道
judoo

游泳
水泳
suiee

騎馬
乗馬
jooba

浮潛
スキューバ ダイビング
sukyuuba-daibingu

騎腳踏車
サイクリング
saikuringu

釣魚
釣り
tsuri

相撲
相撲
sumoo

獨木舟
カヌー
kanuu

泛舟
ラフティング
rafutingu

例句

你喜歡什麼樣的運動？

どんなスポーツが好きですか。

donna supootsu ga suki desuka

我經常游泳。

よく水泳をします。

yoku suiee o shimasu

喜歡看運動節目。

スポーツ観戦が好きです。

supootsu-kansen ga suki desu

你看相撲嗎？

相撲は見ますか。

sumoo wa mimasuka

一星期慢跑兩次。

週2回ジョギングをします。

shuu nikai jogingu o shimasu

偶爾去爬山。

時々山登りに行きます。

tokidoki yama-nobori ni ikimasu

我都去游泳池游泳。

いつもプールで泳ぎます。

itsumo puuru de oyogimasu

跟朋友打壁球。

友だちとスカッシュをします。

tomodachi to sukkashu o shimasu

小 小 專 欄

日本的節慶活動

日本の行事（一）

過年

お正月

成人禮

成人式

季節轉換期（立春、立夏、立秋、立冬）

節分

女兒節

雛祭り

② 我的嗜好是聽音樂 **MP3** 38

我的興趣是 ☐ 。

A:名詞(を…)+動詞+ことです。
o　　　　　　koto desu

您的興趣是什麼？

Q:ご趣味は何ですか。
しゅみ　なん
go-shumi wa nan desuka

做菜

料理を　作る
りょう り　　つく
ryoori o tsukuru

騎腳踏車

サイクリングを　する
saikuringu o　suru

聽音樂

音楽を　聞く
おんがく　　き
ongaku o　kiku

畫畫

絵を　描く
え　　か
e o　kaku

看書

本を　読む
ほん　　よ
hon o　yomu

旅行

旅行を　する
りょこう
ryokoo o　suru

看電影

映画を　見る
えい が　　み
eega o　miru

釣魚

釣りを　する
つ
tsuri o　suru

拍照

写真を　撮る
しゃしん　　と
shashin o　toru

插花

生け花を　する
い　ばな
ikebana o　suru

爬山

山に　登る
やま　　のぼ
yama ni　noboru

到海邊游泳

海で　泳ぐ
うみ　　およ
umi de　oyogu

到卡拉OK唱歌

カラオケで　歌う
うた
karaoke de　utau

聊天

おしゃべりを　する
oshaberi o　suru

下棋

将棋を　する
しょうぎ
shoogi o　suru

寫小說

小説を　書く
しょうせつ　　か
shoosetsu o kaku

很會 ____ 。

嗜好 ＋ が上手ですね。
じょうず
ga joozu desune

唱歌

歌
うた
uta

園藝

ガーデニング
gaadeningu

潛水

ダイビング
daibingu

吉他

ギター
gitaa

鋼琴

ピアノ
piano

書法

習字
しゅうじ
shuuji

手工藝

手芸
しゅげい
shugee

料理

料理
りょうり
ryoori

足球

サッカー
sakkaa

電腦

パソコン
pasokon

游泳

水泳
すいえい
suiee

跳舞

ダンス
dansu

① 我是2月4日生的 MP3 39 ┃ 我的生日是 ☐ 。

_{わたし} _{たんじょう び}
私 の 誕生 日は +月日+ **です。**
watashi no tanjoobi wa　　　　　desu

1月20號

_{いちがつ はつ か}
1月 20日
ichigatsu hatsuka

2月4號

_{に がつよっ か}
2月 4日
nigatsu yokka

3月7號

_{さんがつなの か}
3月 7日
sangatsu nanoka

4月24號

_{し がつ にじゅうよっ か}
4月 24日
shigatsu nijuuyokka

5月2號

_{ご がつふつ か}
5月 2日
gogatsu futsuka

6月9號

_{ろくがつここの か}
6月 9日
rokugatsu kokonoka

7月10號

_{しちがつとお か}
7月10日
shichigatsu tooka

8月8號

_{はちがつよう か}
8月 8日
hachigatsu yooka

9月1號

_{く がつついたち}
9月 1日
kugatsu tsuitachi

10月19號

_{じゅうがつじゅうくにち}
10月19日
juugatsu juukunichi

11月14號

_{じゅういちがつじゅうよっ か}
11月14日
juuichigatsu juuyokka

12月10號

_{じゅうにがつとお か}
12月10日
juunigatsu tooka

例句

您的生日是什麼時候？

お誕生日はいつですか。
o-tanjoobi wa itsu desuka

我生日是下個月。

誕生日は来月です。
tanjoobi wa raigetsu desu

你的生日呢？

あなたのお誕生日は。
anata no o-tanjoobi wa

7月7日。

7月7日です。
shichigatsu nanoka desu

我12月出生。

12月生まれです。
juunigatsu umare desu

屬什麼的？

なに年ですか。
nani doshi desuka

我屬鼠。

ねずみ年です。
nezumi doshi desu

幾年生的？

何年生まれですか。
nannen umare desuka

好用單字

完美主義	勤勞	誠實	端莊
完璧主義 kanpeki-shugi	勤勉 kinben	誠実 seejitsu	しとやか shitoyaka
樂天派	固執	爽快	愛哭
楽天家 rakutenka	いじっぱり ijippari	快活 kaikatsu	泣き虫 nakimushi

2 我是射手座 ↘ MP3 40

我是 ___ 星座。

わたし
私 は＋**星座**＋です。
watashi wa　　　desu

水瓶座
みずがめ ざ
水瓶座
mizugame-za

獅子座
しし ざ
獅子座
shishi-za

牡羊座
おひつじ ざ
牡羊座
ohitsuji-za

金牛座
おうし ざ
牡牛座
oushi-za

處女座
おとめ ざ
乙女座
otome-za

天秤座
てんびん ざ
天秤座
tenbin-za

射手座
いて ざ
射手座
ite-za

___ 是什麼樣的個性？

せいかく
星座＋はどんな性格ですか。
wa donna seekaku desuka

雙子座
ふたご ざ
双子座
futago-za

巨蟹座
かに ざ
蟹座
kani-za

雙魚座
うお ざ
魚座
uo-za

天蠍座
さそり ざ
蠍座
sasori-za

魔羯座
やぎ ざ
山羊座
yagi-za

處女座
おとめ ざ
乙女座
otome-za

3 射手座很活潑 ↘ MP3 41

獅子座很活潑。

獅子座(の人)は明るいです。

shishi-za (no hito) wa akarui desu

很多天秤座都當女演員。

天秤座は女優が多いです。

tenbin-za wa jouu ga ooi desu

雙魚座很有藝術天份。

魚座は芸術的才能があります。

uo-za wa geejutsu-teki sainoo ga arimasu

魔羯座不缺錢。

山羊座はお金に困らないです。

yagi-za wa okane ni komaranai desu

從星座來看兩個人很適合。

星座から見ると二人は合いますよ。

seeza kara miru to futari wa aimasuyo

魔羯座跟處女座很合。

山羊座と乙女座は相性がいいです。

yagi-za to otome-za wa aishoo ga ii desu

水瓶座很冷靜。

水瓶座はクールです。

mizugame-za wa kuuru desu

天秤座很有平衡感。

天秤座はバランスに優れています。

tenbin-za wa baransu ni sugurete imasu

巨蟹座感情很豐富。

蟹座は感情が豊かです。

kani-za wa kanjoo ga yutaka desu

射手座個性很活潑。

射手座は明るい性格です。

ite-za wa akarui seekaku desu

天蠍座意志力很強。

蠍座は意志が強いです。

sasori-za wa ishi ga tsuyoi desu

處女座很溫柔。

乙女座は優しいです。

otome-za wa yasashii desu

牧羊座是什麼個性呢？

牡羊座はどんな性格ですか。

ohitsuji-za wa donna seekaku desuka

① 我想當模特兒 ↓MP3 42

將來我想當 ⬜。

しょうらい
将来＋名詞＋になりたいです。
shyoorai ni naritai desu

歌手
かしゅ
歌手
kashu

醫生
いしゃ
医者
isha

老師
せんせい
先生
sensee

護士
かんごし
看護士
kangoshi

導遊
ツアーガイド
tsuaa-gaido

模特兒
モデル
moderu

運動選手
せんしゅ
スポーツ選手
supootsu-senshu

女演員
じょゆう
女優
joyuu

社長
しゃちょう
社長
shachoo

作家
さっか
作家
sakka

上班族
かいしゃいん
会社員
kaishain

工程師
エンジニア
enjinia

研究員
けんきゅういん
研究員
kenkyuuin

翻譯員
つうやく
通訳
tsuuyaku

例句

以後想做什麼？

将来、何になりたいですか。
<small>しょうらい なに</small>
shyoorai,nani ni naritai desuka

為什麼？

どうしてですか。
dooshite desuka

因為喜歡唱歌。

歌が好きだからです。
<small>うた す</small>
uta ga suki da kara desu

你想從事什麼工作？

どんな仕事をしたいですか。
<small>しごと</small>
donna shigoto o shitai desuka

我想從事貿易工作。

貿易の仕事がやりたいです。
<small>ぼうえき しごと</small>
booeki no shigoto ga yaritai desu

因為很有挑戰性。

やりがいがあるからです。
yarigai ga aru kara desu

因為很有趣的樣子。

面白そうだからです。
<small>おもしろ</small>
omoshiro soo dakara desu

我想開公司。

自分の会社を持ちたいです。
<small>じぶん かいしゃ も</small>
jibun no kaisha o mochitai desu

小 小 專 欄

日本的節慶活動
日本の行事（二）
<small>にほん ぎょうじ</small>

端午節
端午の節句
<small>たんご せっく</small>

七夕
七夕
<small>たなばた</small>

盂蘭盆會
お盆
<small>ぼん</small>

聖誕節

クリスマス

② 我希望有朋友 ↘ 43

你現在最想要什麼？

Q：今、何がほしいですか。
いま なに
ima, nani ga hoshii desuka

想要 ☐ ？

A：名詞＋がほしいです。
ga hoshii desu

朋友
友だち
とも
tomodachi

情人
恋人
こいびと
koibito

時間
時間
じ かん
jikan

錢
お金
かね
okane

車
車
くるま
kuruma

筆記型電腦
ノートパソコン
nooto-pasokon

脚踏車
自転車
じ てんしゃ
jitensha

機車
バイク
baiku

房子
家
いえ
ie

鑽石
ダイヤモンド
daiyamondo

戒指
指輪
ゆび わ
yubiwa

手提包
ハンドバッグ
handobaggu

旅費
旅行資金
りょこう し きん
ryokoo-shikin

例句

為什麼想要錢？

なぜ、お金_{かね}がほしいですか。

naze,o-kane ga hoshii desuka

因為想再多唸書。

もっと勉強_{べんきょう}したいからです。

motto benkyoo shitai kara desu

因為想旅行。

旅行_{りょこう}したいからです。

ryokoo shitai kara desu

因為我想留學。

留学_{りゅうがく}したいからです。

ryuugaku shitai kara desu

為什麼想要車子。

どうして、車_{くるま}がほしいですか。

dooshite, kuruma ga hoshii desuka

因為我想跟女友約會。

彼女_{かのじょ}とデートしたいからです。

kanojo to deeto shitai kara desu

因為方便。

便利_{べんり}だからです。

benri dakara desu

你想要什麼樣的房子。

どんな家_{いえ}がほしいですか。

donna ie ga hosii desuka

我想要VOLVO車。

ボルボの車_{くるま}がほしいです。

borubo no kuruma ga hoshii desu

現在，我最想要朋友。

今_{いま}、友達_{ともだち}が一番_{いちばん}ほしいです。

ima,tomodachi ga ichiban hoshii desu

因為在一起感到很快樂。

一緒_{いっしょ}にいると楽_{たの}しいからです。

issho ni iru to tanoshii kara desu

③ 將來我想住鄉下的透天厝 ↘ 44

將來想住什麼樣的房子？

Q：将来、どんな家に住みたいですか。
しょうらい　　　　　いえ　す
shoorai,donna ie ni sumitai desuka

想住 ☐ 。

A：名詞＋に住みたいです。
　　　　　　　　す
ni sumitai desu

很大的房子

大きな家
おお　　いえ
ooki na ie

高級公寓

マンション
manshon

別墅

別荘
べっそう
bessoo

透天厝

一戸建て
いっこ　だ
ikkodate

有院子的房子

庭付きの家
にわつ　　いえ
niwa-tsuki no ie

可愛的家

かわいい家
いえ
kawaii ie

郊外的房子

郊外の家
こうがい　いえ
koogai no ie

鄉下的透天厝

田舎の一軒家
いなか　　いっけんや
inaka no ikkenya

原木小木屋

ログハウス
rogu-hausu

想住什麼樣的城鎮？

Q：どんな町に住みたいですか。
donna machi ni sumitai desuka

想住 □□□ 的城鎮。

A：形容詞＋町に住みたいです。
machi ni sumitai desu

朝氣蓬勃

明るい
akarui

很多綠地的地方

緑の多い
midori no ooi

安靜的

静かな
shizuka na

古意盎然的

古い
furui

恬靜的

穏やかな
odayaka na

熱鬧

にぎやかな
nigiyaka na

乾淨的

清潔な
seeketsu na

空氣好的

空気のいい
kuuki no ii

摩登的

モダンな
modan na

方便的

便利な
benri na

孩子很多的

子どもの多い
kodomo no ooi

MEMO

1 我的座位在哪裡 45

我的座位
私の席
わたし せき
watashi no seki

洗手間
トイレ
toire

機場
空港
くうこう
kuukoo

_____ 在哪裡？

名詞＋はどこですか。
wa doko desuka

商務客艙	ビジネスクラス	bijinesu-kurasu
雜誌	雑誌 ざっし	zasshi
緊急出口	非常口 ひじょうぐち	hijoo-guchi
耳機	イヤホーン	iyahoon

例句

行李放不進去。
荷物が入りません。
にもつ はい
nimotsu ga hairimasen

請借我過。
通してください。
とお
tooshite kudasai

我想換座位。
席を替えてほしいです。
せき か
seki o kaete hoshii desu

可以將椅背倒下嗎？
席を倒してもいいですか。
せき たお
seki o taoshitemo ii desuka

幾點到達？
到着は何時ですか。
とうちゃく なんじ
toochaku wa nanji desuka

有中文報嗎？
中国語の新聞はありますか。
ちゅうごくご しんぶん
chuugokugo no shinbun wa arimasuka

可以給我果汁嗎？
ジュースをもらえますか。
juusu o moraemasuka

麻煩幫我掛外套。
コートをお願いします。
ねが
kooto o onegai shimasu

② 我要雞肉 MP3 46

牛肉
ビーフ
biifu

雞肉
チキン
chikin

魚
さかな
魚
sakana

葡萄酒
ワイン
wain

啤酒
ビール
biiru

水
みず
お水
omizu

有 　　 嗎？

名詞＋はありますか。
wa arimasuka

日本報紙	に ほん しんぶん **日本の新聞** nihon no shinbun

請給我 　　 。

名詞＋をください。
o kudasai

毛毯
もう ふ
毛布
moofu

枕頭
まくら
枕
makura

暈車藥
よ ど ぐすり
酔い止め薬
yoidome gusuri

報紙
しんぶん
新聞
shinbun

入境卡	にゅうこく **入国カード** nyuukoku-kaado
感冒藥	か ぜ ぐすり **風邪薬** kaze-gusuri
英文雜誌	えい ご ざっし **英語の雑誌** eego no zasshi
溫的飲料	あたた の もの **温かい飲み物** atatakai nomi-mono

③ 再給我一杯水 ↘ MP3 47

例句

請再給我一杯。
もう一杯ください。
moo ippai kudasai

是免費的嗎？
無料ですか。
muryoo desuka

我身體不舒服。
気分が悪いです。
kibun ga warui desu

什麼時候到達？
いつ着きますか。
itsu tsukimasuka

再20分鐘。
あと20分です。
ato nijuppun desu

現在我們在哪裡？
今、どのへんですか。
ima, dono hen desuka

請給我飲料。
飲み物をください。
nomi-mono o kudasai

我肚子疼。
おなかが痛いです。
o-naka ga itai desu

感到寒冷。
寒いです。
samui desu

想看錄影帶。
ビデオが見たいです。
bideo ga mitai desu

好用單字

雜誌	**雑誌** zasshi	耳機	**イヤホーン** iyahoon	香煙	**タバコ** tabako
葡萄酒	**ワイン** wain	機艙內販賣	**機内販売** kinai-hanbai	免稅商品	**免税品** menzee-hin
型錄	**カタログ** katarogu	圍巾	**スカーフ** sukaafu	香水	**香水** koosui

4 我來觀光的 MP3 48

旅行目的為何？

Q:旅行の目的は何ですか。
りょこう　もくてき　なん
ryokoo no mokuteki wa nan desuka

是 _____ 。

A: 名詞＋です。
desu

観光	観光 かんこう	kankoo
留學	留学 りゅうがく	ryuugaku
工作	仕事 し ごと	shigoto
會議	会議 かい ぎ	kaigi

出差	出張 しゅっちょう	shucchoo
商務	ビジネス	bijinesu
探親	親族訪問 しんぞくほうもん	shinzoku-hoomon
探訪朋友	知人訪問 ち じん ほうもん	chijin-hoomon

你的職業是？

職業は何ですか。
しょくぎょう　なん
shokugyoo wa nan desuka

學生。
学生です。
がくせい
gakusee desu

上班族。
サラリーマンです。
sarariiman desu

我是主婦。
主婦です。
しゅ ふ
shufu desu

我是醫生。
医者です。
い しゃ
isha desu

粉領族。
OLです。
オーエル
ooeru desu

我是公司職員。
会社員です。
かいしゃいん
kaisha-in desu

我是公司負責人。
経営者です。
けいえいしゃ
keeee-sha desu

5 我要待5天 MP3 49

要住在哪裡？

Q:どこに滞在しますか。
たいざい
doko ni taizai shimasuka

□□□□□□。

A:名詞＋です。
desu

○○飯店
○○**ホテル**
hoteru

朋友家
ゆうじん　　いえ
友人の家
yuujin no ie

留學生宿舍 りゅうがくせいしゅくしゃ **留学生宿舎** ryuugakusee shukusha	兒子的家 むすこ　　いえ **息子の家** musuko no ie

○○旅館
りょかん
○○**旅館**
ryokan

同事的家
どうりょう　　　いえ
同僚の家
dooryoo no ie

○○民宿
みんしゅく
○○**民宿**
minshuku

要待幾天？

Q:何日滞在しますか。
なんにちたいざい
nannichi taizai shimasuka

□□□□□□。

A:期間＋です。
desu

5天 いつ か かん **五日間** itsukakan	一星期 いっしゅうかん **一週間** isshuukan	兩星期 に しゅうかん **2週間** nishuukan

一個月
いっ か げつ
一ヶ月
ikkagetsu

10天
とお か かん
十日間
tooka kan

3天
みっ か
三日
mikka

大約兩個月
やく に か げつ
約2ヶ月
yaku nikagetsu

6 這是日常用品　MP3 50　請 ☐☐☐☐ 。

動詞＋ください。
kudasai

開	開けて akete	等	待って matte	看	見て mite	關起來	しまって shimatte
讓我看	見せて misete	說	言って itte	打開	開いて aite	拿出來	出して dashite

這是什麼？

Q：これは何ですか。
kore wa nan desuka

是 ☐☐☐☐ 。

A：名詞＋です。
desu

日常用品	日常品 nichijoohin	衣服	洋服 yoofuku	相機	カメラ kamera	禮物	プレゼント purezento
香煙	タバコ tabako	日本酒	日本酒 nihon-shu	名產	お土産 omiyage	洗臉用具	洗面具 senmen-gu
筆記用具	筆記用具 hikki-yoogu	圍巾	スカーフ sukaafu	感冒藥	風邪薬 kaze-gusuri	字典	辞書 ji sho

7 麻煩我到台北　MP3 51

麻煩，我要到 _____ 。

場所＋までお願いします。
made onegai shimasu

台北
タイペイ
台北
taipee

日本
に ほん
日本
nihon

香港
ホンコン
香港
honkon

北京
ペ キン
北京
pekin

大阪
おおさか
大阪
oosaka

巴黎
パリ
pari

倫敦
ロンドン
rondon

羅馬
ローマ
rooma

曼谷
バンコク
bankoku

上海
シャンハイ
上海
shanhai

例句

日本航空櫃檯在哪裡？
に ほんこうくう
日本航空のカウンターはどこですか。
nihonkookuu no kauntaa wa doko desuka

我要辦登機手續。
チェックインします。
chekkuin shimasu

是經濟艙。
エコノミークラスです。
ekonomii-kurasu desu

是商務艙。
ビジネスクラスです。
bijinesu-kurasu desu

是全部禁煙嗎
ぜん ぶ きんえん
全部禁煙ですか。
zenbu kinen desuka

有行李要寄放嗎？
あず　　　　に もつ
預かる荷物はありますか。
azukaru nimotsu wa arimasuka

有靠窗的座位嗎？
まどがわ　 せき
窓側の席はありますか。
madogawa no seki wa arimasuka

靠走道好。
つう ろ がわ
通路側がいいです。
tuuro-gawa ga ii desu

8 我要換日幣　MP3 52 請 ⬚⬚⬚⬚⬚。

名詞＋してください。
site kudasai

| 兌換外幣
りょうがえ
両替
ryoogae | 簽名
サイン
sain | 確認
かくにん
確認
kakunin | 換（錢）
チェンジ
chenji |

例句

換成日圓
に ほんえん
日本円に。
nihonen ni

請換成五萬日圓。
ご まんえん りょうがえ
5万円 両替してください。
gomanen ryoogaeshite kudasai

也請給我一些零錢。
こ ぜに ま
小銭も混ぜてください。
kozeni mo mazete kudasai

請讓我看一下護照。
み
パスポートを見せてください。
pasupooto o misete kudasai

麻煩您在這裡簽名。
ねが
ここにサインをお願いします。
koko ni sain o onegai shimasu

這樣可以嗎？
これでいいですか。
korede ii desuka

我的旅遊小筆記

9 喂！我是台灣的小李啦 ↘ 53

例句

給我一張電話卡。	喂，我是台灣的小李。
テレホンカード一枚（いちまい）ください。	もしもし、台湾（タイワン）の李（り）です。
terehonkaado ichimai kudasai	moshi moshi,taiwan no ri desu
陽子小姐在嗎？	我剛到日本。
陽子（ようこ）さんはいらっしゃいますか。	ただいま、日本（にほん）に着（つ）きました。
yookosan wa irasshaimasuka	tadaima,nihon ni tsukimashita
那麼就在新宿車站見面吧！	在哪裡碰面好呢？
では、新宿駅（しんじゅくえき）で会（あ）いましょう。	どこで会（あ）いましょうか。
dewa shinjuku-eki de aimashoo	doko de aimashooka
知道南口在哪裡嗎？	搭成田Express去。
南口（みなみぐち）はわかりますか。	成田（なりた）エクスプレスで行（い）きます。
minamiguchi wa wakarimasuka	narita-ekusupuresu de ikimasu
在JR的剪票口等你。	待會兒見。
ＪＲ（ジェーアール）の改札口（かいさつぐち）で待（ま）っています。	では、また後（あと）で。
JR no kaisatsu-guchi de matte imasu	dewa, mata atode

好用單字

打電話	電話（でんわ）する	手機	携帯電話（けいたいでんわ）	留言	メッセージ
	denwasuru		keetai-denwa		messeeji
外出中	外出中（がいしゅつちゅう）	不在家	留守（るす）	出門	出（で）かける
	gaishutsu-chuu		rusu		dekakeru
留言	伝言（でんごん）	鈴聲	発信音（はっしんおん）	要事	ご用件（ようけん）
	dengon		hasshin-on		go-yooken

(10) 我要寄包裹　MP3 54

麻煩，我寄 。

名詞＋でお願（ねが）いします。
de onegai shimasu

空運 こうくうびん **航空便** kookuubin	船運 ふなびん **船便** funabin	掛號 かきとめ **書留** kakitome
包裹 こづつみ **小包** kozutsumi	宅急便 たっきゅうびん **宅急便** takkyuubin	限時專送 そくたつ **速達** sokutatsu

例句

費用多少？
りょうきん
料金はいくらですか。
ryookin wa ikura desuka

麻煩寄到台灣。
タイワン　　　　ねが
台湾までお願いします。
taiwan made onegai shimasu

請給我明信片10張。
じゅうまい
はがきを10枚ください。
hagaki o juumai kudasai

哪一個便宜？
やす
どちらが安いですか。
dochira ga yasui desuka

有寄包裹的箱子嗎？
こづつみ　はこ
小包の箱はありますか。
kozutsumi no hako wa arimasuka

麻煩寄航空信。
ねが
エアメールでお願いします。
ea-meeru de onegai shimasu

大概什麼時候寄到？
つ
どのぐらいで着きますか。
donogurai de tsukimasuka

給我一個郵件袋。
ふくろ　いちまい
ゆうパックの袋を一枚ください。
yuu-pakku no fukuro o ichimai kudasai

11 一個晚上多少錢 55 ＿＿＿＿多少錢？

名詞（は…）＋いくらですか。
　　 wa 　　 ikura desuka

一晚	一個人	兩張單人床房間	一張雙人床房間
一泊（いっぱく）	一人（ひとり）	ツインは	ダブルは
ippaku	hitori	tsuin wa	daburu wa

單人床房間	這個房間	總統套房	兩個人
シングルは	この部屋（へや）は	スイートルームは	二人（ふたり）で
shinguru wa	kono heya wa	suiito-ruumu wa	futari de

例句

我想預約。
予約（よやく）したいです。
yoyakushitai desu

那樣就可以了。
それでお願（ねが）いします。
sorede onegai shimasu

有餐廳嗎？
レストランはありますか。
resutoran wa arimasuka

幾點開始住宿登記？
チェックインは何時（なんじ）からですか。
chekku-in wa nanji kara desuka

有附早餐嗎？
朝食（ちょうしょく）はつきますか。
chooshoku wa tsukimasuka

３個人可以住同一間房間嗎？
３人一部屋（さんにんひとへや）でいいですか。
sannin hito-heya de ii desuka

有沒有更便宜的房間？
もっと安（やす）い部屋（へや）はありませんか。
motto yasui heya wa arimasenka

(12) 這巴士到京王飯店嗎 ↘ MP3 56

例句

有到○○飯店嗎？

○○ホテルへ行きますか。
hoteru e ikimasuka

給我一張到新宿的票。

新宿まで一枚ください。
shinjuku made ichimai kudasai

請在3號乘車處上車。

3番乗り場で乗車してください。
sanban noriba de jooshashite kudasai

幾號巴士站？

乗り場は何番ですか。
nori-ba wa nanban desuka

到東京車站要幾分鐘？

東京駅まで何分ですか。
tookyoo-eki made nanpun desuka

下一班巴士幾點？

次のバスは何時ですか。
tsugi no basu wa nanji desuka

請往右側出口出去。

右側の出口に出てください。
migigawa no deguchi ni dete kudasai

我想去澀谷。

渋谷へ行きたいです。
shibuya e iki tai desu

這裡有到新宿嗎？

ここは、新宿行きですか。
koko wa, shijuku yuki desuka

我想在池袋車站前下車。

池袋駅前に降りたいんですが。
ikebukuro eki-mae ni ori tain desuga

好用單字

車票	切符 kippu	售票處	売り場 uriba	機場巴士	リムジンバス rimujinbasu
乘車處	乗り場 noriba	一號巴士站	1番乗り場 ichiban nori-ba	排隊	並ぶ narabu
往新宿	新宿行き shinjuku yuki	往東京車站	東京駅行き tookyoo-eki yuki	東京都中心區	都内 tonai

① 我要住宿登記 MP3 57

麻煩 。

住宿登記 **チェックイン** chekkuin	名詞＋を<ruby>お願<rt>ねが</rt></ruby>いします。 o onegai shimasu
行李 <ruby>荷物<rt>に もつ</rt></ruby> nimotsu	説明 <ruby>説明<rt>せつめい</rt></ruby> setsumee
簽名 **サイン** sain	鑰匙 <ruby>鍵<rt>かぎ</rt></ruby> kagi

例句

有預約。
<ruby>予約<rt>よ やく</rt></ruby>してあります。
yoyakushite arimasu

沒預約。
<ruby>予約<rt>よ やく</rt></ruby>してありません。
yoyakushite arimasen

我叫李明寶。
<ruby>李明宝<rt>リ メイホウ</rt></ruby>といいます。
ri meehoo to iimasu

幾點退房？
チェックアウトは<ruby>何時<rt>なん じ</rt></ruby>ですか。
chekkuauto wa nanji desuka

麻煩刷卡。
カードで<ruby>お願<rt>ねが</rt></ruby>いします。
kaado de onegai shimasu

在哪裡吃早餐？
<ruby>朝食<rt>ちょうしょく</rt></ruby>はどこで<ruby>食<rt>た</rt></ruby>べますか。
chooshoku wa doko de tabemasuka

請幫我搬行李。
<ruby>荷物<rt>に もつ</rt></ruby>を<ruby>運<rt>はこ</rt></ruby>んでください。
nimotsu o hakonde kudasai

有保險箱嗎？
<ruby>金庫<rt>きん こ</rt></ruby>はありますか。
kinko wa arimasuka

有街道的地圖嗎？
<ruby>街<rt>まち</rt></ruby>の<ruby>地図<rt>ち ず</rt></ruby>はありますか。
machi no chizu wa arimasuka

請幫我搬行李。
<ruby>荷物<rt>に もつ</rt></ruby>を<ruby>運<rt>はこ</rt></ruby>んでください。
nimotsu o hakonde kudasai

② 幫我換床單　MP3 58

請 _____ 。

名詞＋を＋動詞＋ください。
　　　　o　　　　　kudasai

房間／更換	熨斗／借我	行李／搬運	地方／告訴我
部屋／変えて	アイロン／貸して	荷物／運んで	場所／教えて
heya kaete	airon kashite	nimotsu hakonde	basho oshiete

使用方法／教	毛巾／更換	掃／打	床單／更換
使い方／教えて	タオル／換えて	掃除／して	シーツ／換えて
tsukai-kata oshiete	taoru kaete	sooji shite	shiitsu kaete

例句

請打掃房間。

部屋を掃除してください。

heya o soojishite kudasai

請再給我一條毛巾。

タオルをもう一枚ください。

taoru o moo ichimai kudasai

鑰匙不見了。

鍵をなくしました。

kagi o nakushimashita

沒有開瓶器。

栓抜きがありません。

sennuki ga arimasen

可以給我冰塊嗎？

氷はもらえますか。

koori wa moraemasuka

電視故障了。

テレビが壊れています。

terebi ga kowarete imasu

房間好冷。

部屋が寒いです。

heya ga samui desu

我要英文版報紙。

英語の新聞がほしいです。

eego no shinbun ga hoshii desu

衣架不夠。

ハンガーが足りません。

hangaa ga tarimasen

3 我要一客比薩 ↘ MP3 59

例句

100號客房。
100号室です。
hyaku gooshitsu desu

我要客房服務。
ルームサービスをお願いします。
ruumu-saabisu o onegai shimasu

給我一客比薩。
ピザを一つください。
piza o hitotsu kudasai

我要送洗。
洗濯物をお願いします。
sentakumono o onegai shimasu

早上6點請叫醒我。
朝6時にモーニングコールをお願いします。
asa rokuji ni mooningu-kooru o onegai shimasu

麻煩幫我按摩。
マッサージをお願いします。
massaaji o onegai shimasu

想預約餐廳。
レストランの予約をしたいです。
resutoran no yoyaku o shitai desu

想打國際電話。
国際電話をかけたいです。
kokusaidenwa o kaketai desu

有游泳池嗎？
プールはありますか。
puuru wa arimasuka

床單	枕頭	開瓶器	毛毯
シーツ	**枕**	**栓抜き**	**毛布**
shiitsu	makura	sennuki	moofu

好用單字

衛生紙	洗髮精	一套刷牙用具	棉被
トイレットペーパー	**シャンプー**	**歯磨きセット**	**布団**
toirettopeepaa	shanpuu	hamigaki-setto	futon

吹風機	潤絲精	淋浴	小刀
ドライヤー	**リンス**	**シャワー**	**ナイフ**
doraiyaa	rinsu	shawaa	naifu

④ 我要退房　↘ 60

例句

我要退房。

チェックアウトします。

chekkuauto shimasu

這是什麼？

これは何ですか。

kore wa nan desuka

沒有使用迷你吧。

ミニバーは利用していません。

minibaa wa riyooshite imasen

麻煩確認一下。

確認をお願いします。

kakunin o onegai shimasu

麻煩我要刷卡。

カードでお願いします。

kaado de onegai shimasu

請簽名。

サインしてください。

sain shite kudasai

多謝關照。

お世話になりました。

osewa ni narimashita

請給我收據。

領収書をください。

ryooshuusho o kudasai

好用單字

冰箱	明細	稅金	服務費
冷蔵庫	**明細**	**税金**	**サービス料**
reezooko	meesai	zeekin	saabisuryoo
迷你酒吧	收據	電話費	傳真費用
ミニバー	**領収書**	**電話代**	**ファックス代**
mini-baa	ryooshuu-sho	denwa-dai	fakkusu dai

1 老闆！仙貝一盒多少錢 **MP3** 61

 多少錢？

名詞＋數量＋いくらですか。
ikura desuka

豆沙糯米飯糰／兩個

おはぎ／二<ruby>つ<rt>ふた</rt></ruby>
ohagi　futatsu

麻薯／三個

おもち／三<ruby>つ<rt>みっ</rt></ruby>
omochi　mittsu

仙貝／一盒

お<ruby>煎餅<rt>せんべい</rt></ruby>／<ruby>一箱<rt>ひとはこ</rt></ruby>
osenbee　hitohako

紅豆烤餅／四個

どら<ruby>焼<rt>や</rt></ruby>き／<ruby>四<rt>よっ</rt></ruby>つ
dorayaki　yottsu

這個／一個

これ／一<ruby>つ<rt>ひと</rt></ruby>
kore　hitotsu

蘋果／一堆

りんご／<ruby>一山<rt>ひとやま</rt></ruby>
ringo　hitoyama

花／一束

<ruby>花<rt>はな</rt></ruby>／<ruby>一束<rt>ひとたば</rt></ruby>
hana　hitotaba

茄子／一盤

ナス／<ruby>一皿<rt>ひとさら</rt></ruby>
nasu　hitosara

雨傘／一支

かさ／<ruby>一本<rt>いっぽん</rt></ruby>
kasa　ippon

刨冰／一份

かき<ruby>氷<rt>ごおり</rt></ruby>／一<ruby>つ<rt>ひと</rt></ruby>
kakigoori　hitotsu

秋刀魚／一盤

さんま／<ruby>一皿<rt>ひとさら</rt></ruby>
sanma　hitosara

麻薯丸子／兩串

お団子／二串
だんご　ふたくし

odango　futakushi

烤章魚／一盒

たこ焼き／一箱
や　　ひとはこ

takoyaki　hitohako

礦泉水／一瓶

ミネラルウォーター／一本
いっぽん

mineraruootaa　ippon

葡萄／一盒

ぶどう／一箱
ひとはこ

budoo　hitohako

罐裝啤酒／一罐

缶ビール／一つ
かん　　　ひと

kan-biiru　hitotsu

紙巾／一包

ティッシュ／一つ
ひと

tisshu　hitotsu

例句

歡迎光臨。

いらっしゃいませ。

irasshai mase

可以試吃嗎？

試食してもいいですか。
ししょく

shishokushitemo ii desuka

這個請給我一盒。

これをワンパックください。

kore o wanpakku kudasai

算我便宜一點嘛。

まけてくださいよ。

makete kudasaiyo

再買一個。

もう一つ買います。
ひと　か

moo hitotsu kaimasu

全部多少錢？

全部でいくらですか。
ぜんぶ

zenbu de ikura deuska

有沒有更便宜的？

もっと安いのはありますか。
やす

motto yasuinowa arimasuka

這好吃嗎？

これは、おいしいですか。

kore wa oishii desuka

② 給我漢堡　↘ MP3 62　給我 ____ 。

名詞＋ください。
kudasai

漢堡 ハンバーガー hanbaagaa	可樂 コーラ koora	薯條 フライドポテト furaidopoteto	熱狗 ホットドッグ hotto-dogu
沙拉 サラダ sarada	果汁 ジュース juusu	咖啡 コーヒー koohii	蕃茄醬 ケチャップ kechappu

例句

可樂中杯。

コーラはＭです。

koora wa emu desu

外帶。

テイクアウトします。

teikuauto shimasu

請給我大的。

大きいのをください。

ookii noo kudasai

也給我砂糖跟奶精。

砂糖とミルクもください。

satoo to miruku mo kudasai

在這裡吃。

ここで食べます。

koko de tabemasu

全部多少錢？

全部でいくらですか。

zenbu de ikura desuka

我要附咖啡。

コーヒーを付けてください。

koohii o tsukete kudasai

有餐巾嗎？

ナプキンはありますか。

napukin wa arimasuka

③ 便當幫我加熱 ↘ 63

例句

便當要加熱嗎？

お弁当を温めますか。

obentoo o atatamemasuka

幫我加熱。

温めてください。

atatamete kudasai

需要筷子嗎？

お箸は要りますか。

ohashi wa irimasuka

收您1000圓。

千円お預かりします。

senen oazukari shimasu

找您200圓。

200円のおつりです。

nihyakuen no otsuri desu

需要湯匙嗎？

スプーンは要りますか。

supuun wa irimasuka

麻煩您。

お願いします。

onegai shimasu

果汁在哪裡？

ジュースはどこですか。

juusu wa dokodesuka

請給我70圓的郵票。

７０円切手をください。

nanajuuenn kitte o kudasai

好用單字

便利商店

コンビニ

konbini

收銀台	果汁	袋子	零錢
レジ	ジュース	袋	おつり
reji	juusu	fukuro	otsuri
打折扣	碗麵	小點心	保特瓶
おまけ	カップラーメン	スナック菓子	ペットボトル
omake	kappu-raamen	sunakku-gashi	petto-botoru

④ 這附近有拉麵店嗎 MP3 64

附近有 ▢ 嗎？

近くに＋商店＋はありますか。
ちか
chikaku ni　　　　　wa arimasuka

拉麵店
ラーメン屋
や
raamen-ya

壽司店
すしや
寿司屋
sushi-ya

開放式咖啡店
オープンカフェ
oopun-kafe

闔家餐廳
ファミリーレストラン
famirii-resutoran

義大利餐廳
りょうり てん
イタリア料理店
itaria-ryoori-ten

印度餐廳
りょうり てん
インド料理店
indo-ryoori-ten

中華料理店
ちゅう か りょう り てん
中華料理店
chuuka-ryoori-ten

牛丼店
ぎゅうどん や
牛丼屋
gyuudon-ya

烤肉店
や にくや
焼き肉屋
yakiniku-ya

日本料理店
に ほんりょうり てん
日本料理店
nihon-ryoori-ten

印度餐廳
りょうり や
インド料理屋
indo-ryoori-ya

迴轉壽司店
かいてん ず し
回転寿司
kaiten-zushi

料亭（日本傳統料理店）
りょうてい
料亭
ryootee

比薩店
ピザ屋
や
peza-ya

例句

有炸蝦魚店嗎？

てんぷら屋はありますか。

tenpura-ya wa arimasuka

地方在哪裡？

場所はどこですか。

basho wa doko desuka

價錢多少？

値段はどれくらいですか。

nedan wa dorekurai desuka

想吃壽司。

寿司が食べたいです。

sushi ga tabe tai desu

好吃嗎？

おいしいですか。

oishii desuka

什麼好吃呢？

何がおいしいですか。

naniga oishii desuka

你推薦什麼？

お勧めはなんですか。

osusume wa nandesuka

我的旅遊小筆記

⑤ 今晚 7 點兩人　🖸MP3 65

□□點□□人。

時間＋で＋人數＋です。
de　　desu

今晚 7 點／兩人
今晩 7 時／二人
こんばんしちじ　ふたり
konban shichiji futari

明晚 8 點／4 人
明日の夜 8 時／4 人
あした　よるはちじ　よにん
ashita no yoru hachiji yonin

今天 6 點／3 個人
今日の 6 時／3 人
きょう　ろくじ　さんにん
kyoo no rokuji sannin

星期六 8 點／10 個人
土曜日の 8 時／10 人
どようび　はちじ　じゅうにん
doyoobi no hachiji juunin

例句

我姓李。
李と申します。
リ　もう
ri to mooshimasu

套餐多少錢？
コースはいくらですか。
koosu wa ikura desuka

請給我靠窗的座位。
窓側の席をお願いします。
まどがわ　せき　ねが
madogawa no seki o onegai shimasu

請傳真地圖給我。
地図をファックスしてください。
ちず
chizu o fakkusu shite kudasai

也有壽喜燒嗎？
すきやきもありますか。
sukiyaki mo arimasuka

也能喝酒嗎？
お酒も飲めますか。
さけ　の
o-sake mo nomemasuka

從車站很近嗎？
駅から近いですか。
えき　ちか
eki kara chikai desuka

請多多指教。
よろしくお願いします。
ねが
yoroshiku onegai shimasu

6 我姓李，預約 7 點 ↘ 66

好用單字 例句

我姓李，預約 7 點。

李です。7時に予約してあります。

ri desu,　shichiji ni yoyakushite arimasu

4 人。

4人です。

yonin desu

有非吸煙區嗎？

禁煙席はありますか。

kinenseki wa arimasuka

沒有預約。

予約してありません。

yoyakushite arimasen

要等多久？

どれくらい待ちますか。

dorekurai machimasuka

有很多人嗎？

混んでいますか。

konde imasuka

那麼，我下次再來。

では、またにします。

dewa, mata ni shimasu

那麼，我等。

では、待ちます。

dewa, machimasu

有靠窗的位子嗎？

窓際はあいていますか。

mado giwa wa aite imasuka

好用單字

吸煙區	包廂	席位已滿	有位子
喫煙席	個室	満員	空く
kitsuen seki	koshitsu	manin	aku
餐桌	櫃臺	兩人座位	4 人座位
テーブル	カウンター	二人席	4人席
teeburu	kauntaa	futari seki	yonin seki

(7) 我要點菜　↘ MP3 67

例句

請給我菜單。

メニューを見せてください。

menyuu o misete kudasai

我要點菜。

注文をお願いします。

chuumon o onegai shimasu

推薦菜是什麼？

お勧め料理は何ですか。

osusume-ryoori wa nan desuka

這是什麼樣的菜？

これは、どんな料理ですか。

kore wa, donna ryoori desuka

是魚還是肉？

魚ですか。肉ですか。

sakana desuka.niku desuka

有什麼點心？

デザートは、何がありますか。

dezaato wa, nani ga arimasuka

那麼我要這個。

では、これにします。

dewa, kore ni shimasu

麻煩兩個B套餐。

Bコースを二つ、お願いします。

bii-koosu o futatsu, onegai shimasu

我要 ⬜⬜⬜⬜⬜ 。

料理＋にします。

ni shimasu

壽司

寿司

sushi

天婦羅套餐

天ぷら定食

tenpura teeshoku

涮涮鍋

しゃぶしゃぶ

shabushabu

壽喜燒

すきやき

sukiyaki

炸豬排

かつどん

katsudon

黑輪

おでん

oden

鰻魚飯

うな重
じゅう

unajuu

烏龍麵

うどん

udon

拉麵

ラーメン

raamen

手捲

手巻き
て ま

temaki

豬排飯

カツ丼
どん

katsudon

梅花套餐

梅定食
うめていしょく

ume teeshoku

A套餐

Aコース

ee koosu

那個

それ

sore

我要 _____ 。

料理＋にします。
ni shimasu

比薩
ピサ
piza

義大利麵
スパゲッティ
supagetti

燒賣
シューマイ
shuumai

烤肉
焼き肉
や　にく
yaki-niku

韓國泡菜
キムチ
kimuchi

印度咖哩
インドカレー
indo-karee

北京烤鴨
北京ダック
ペ　キン
pekin-dakku

牛排
ステーキ
suteeki

三明治
サンドイッチ
sandoicchi

蛋包飯
オムライス
omu-raisu

那個
それ
sore

咖哩飯
カレーライス
karee-raisu

(8) 要飲料　MP3 68

烏龍茶
ウーロン茶（ちゃ）
uuron-cha

紅茶
紅茶（こうちゃ）
koocha

咖啡
コーヒー
koohii

濃縮咖啡
エスプレッソ
esupuresso

檸檬茶
レモンティー
remon-tii

冰紅茶
アイスティー
aisu-tii

檸檬汽水
レモンサイダー
remon-saidaa

可樂
コーラ
koora

飲料呢？

Q：お飲（の）み物（もの）は？
o-nomimono wa

給我 _____ 。

A：飲料＋をください。
　　　　o　kudasai

柳橙汁
オレンジジュース
orenji-juusu

卡布奇諾
カプチーノ
kapuchiino

奶茶
ミルクティー
miruku-tii

七喜
セブンアップ
sebunappu

咖啡歐雷
カフェオレ
kafe-ore

可可亞
ココア
kokoa

您要甜點嗎？

Q：デザートはいかがですか？
dezaato wa ikaga desuka

給我 ＿＿＿＿＿ 。

A：甜點＋をください。
o kudasai

布丁
プリン
purin

蛋糕
ケーキ
keeki

聖代
パフェ
pafe

冰淇淋
アイスクリーム
aisu-kuriimu

霜淇淋
ソフトクリーム
sofuto-kuriimu

日式櫻花糕點
さくらもち
桜餅
sakura-mochi

羊羹
ようかん
yookan

紅豆蜜
あんみつ
anmitsu

三色豆沙糯米糰子
さんしょく
3色おはぎ
sanshoku-ohagi

例句

飲料跟餐點一起上，還是飯後送？

お飲み物は食事と一緒
o-nomi-mono wa shokuji to issho
ですか。食後ですか。
desuka. shokugo desuka

請飯後再上。

食後にお願いします。
shokugo ni onegai shimasu

麻煩一起送來。

一緒にお願いします。
issho ni onegai shimasu

要附奶精跟砂糖嗎？

ミルクと砂糖はつけますか。
miruku to satoo wa tsukemasuka

麻煩只要砂糖就好。

砂糖だけ、お願いします。
satoo dake, onegai shimasu

要幾個杯子？

グラスはいくつですか。
gurasu wa ikutsu desuka

我的旅遊小筆記

⑨ 我們各付各的 ↘ MP3 69

例句

麻煩結帳。

お勘定をお願いします。
かんじょう　　　　　　ねが

okanjoo o onegai shimasu

請一起結帳。

一緒でお願いします。
いっしょ　　　　ねが

issho de onegai shimasu

我要刷卡。

カードでお願いします。
　　　　　　　　ねが

kaado de onegai shimasu

謝謝您的招待。

ご馳走様でした。
　ち　そうさま

gochisoosama deshita

我們各付各的。

別々でお願いします。
べつべつ　　　　ねが

betsubetsu de onegai shimasu

這張信用卡能用嗎？

このカードは使えますか。
　　　　　　　　つか

kono kaado wa tsukaemasuka

給你一萬日圓。

一万円でお願いします。
いちまんえん　　　　ねが

ichiman-en de onegai shimasu

真是好吃。

おいしかったです。

oishikatta desu

好用單字

點菜	費用	現金	付錢
注文 ちゅうもん chuumon	**費用** ひ よう hiyoo	**現金** げんきん genkin	**払う** はら harau
信用卡	收銀台	服務費	零錢
クレジットカード kurejitto-kaado	**レジ** reji	**サービス料** 　　　　りょう saabisu-ryoo	**おつり** otsuri

1 我坐電車 MP3 70

我想到 _____。

場所＋まで行きたいです。
made ikitai desu

新宿
しんじゅく
新宿
shinjuku

東京灣
とうきょうわん
東京湾
tookyoo-wan

東京鐵塔
とうきょう
東京タワー
tookyoo-tawaa

台場
だいば
お台場
o-daiba

（補）

東京晴空塔
とうきょう
東京スカイツリー
tookyoo- sukaiturii

淺草
あさくさ
浅草
asakusa

富士電視
フジテレビ
fuji-terebi

澀谷車站	原宿車站	上野	青山一丁目
しぶ や えき	はらじゅくえき	うえ の	あおやまいっちょう め
渋谷駅	原宿駅	上野	青山一丁目
shibuya-eki	harajuku-eki	ueno	aoyama-icchoome
銀座	六本木	羽田	品川
ぎん ざ	ろっぽん ぎ	はね だ	しながわ
銀座	六本木	羽田	品川
ginza	ropponngi	haneda	shinagawa

例句

下一班電車幾點？

次の電車は何時ですか。

tsugi no densha wa nanji desuka

秋葉原車站會停嗎？

秋葉原駅にとまりますか。

akihabara-eki ni tomarimasuka

在品川車站換車嗎？

品川駅で乗り換えますか。

shinagawa-eki de norikaemasuka

下一站哪裡？

次の駅はどこですか。

tsugino eki wa doko desuka

在哪裡換車？

どこで乗り換えますか。

doko de norikaemasuka

這輛電車往東京嗎？

この電車は、東京に行きますか。

kono densha wa, tookyoo ni ikimasuka

想去赤板。

赤坂まで行きたいです。

akasaka made iki tai desu

在哪裡下車好呢？

どこで降りればいいですか。

doko de orireba ii desuka

好用單字

車子
車
kuruma

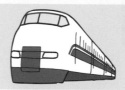

新幹線
新幹線
shinkansen

電車
電車
densha

公車
バス
basu

三輪車
三輪車
sanrinsha

連絡船
連絡船
renraku-sen

計程車
タクシー
takushii

警車
パトカー
patokaa

消防車
しょうぼうしゃ
消防車
shooboosha

機車
バイク
baiku

腳踏車
じ てんしゃ
自転車
jitensha

貨車
トラック
torakku

船
ふね
船
fune

遊艇
フェリー
ferii

飛機
ひ こう き
飛行機
hikooki

直昇機
ヘリコプター
herikoputaa

小船
ボート
booto

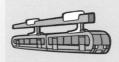
單軌電車
モノレール
monoreeru

② 我坐公車 ↘ 71

例句

公車站在哪裡？

バス停_{てい}はどこですか。

basutee wa doko desuka

這台公車去東京車站嗎？

このバスは東京駅_{とうきょうえき}へ行_いきますか。

kono basu wa tookyoo-eki e ikimasuka

會到澀谷嗎？

渋谷_{しぶや}へは行_いきますか。

shibuya e wa ikimasuka

幾號公車能到？

何番_{なんばん}のバスが行_いきますか。

nanban no basu ga ikimasuka

東京車站在第幾站？

東京駅_{とうきょうえき}はいくつ目_めですか。

tookyoo-eki wa ikutsume desuka

在哪裡下車呢？

どこで降_おりたらいいですか。

doko de oritara ii desuka

到了請告訴我。

着_ついたら教_{おし}えてください。

tsuitara oshiete kudasai

多少錢？

いくらですか。

ikura desuka

1000塊日幣可以嗎？

千円札_{せんえんさつ}でいいですか。

senen-satsu de ii desuka

小孩多少錢？

子_こどもはいくらですか。

kodomo wa ikura desuka

好用單字

路線圖	往	乘車券	門
路線図 ろせんず **路線図** rosenzu	行き い **行き** iki	乘車券 じょうしゃけん **乗車券** jooshaken	**ドア** doa
下一站	博愛座	吊環	搖晃
次 つぎ **次** tsugi	優先席 ゆうせんせき **優先席** yuusen-seki	吊環 かわ **つり革** tsuri-kawa	搖晃 ゆ **揺れる** yureru

③ 我坐計程車　MP3 72　請到 _____。

場所＋までお願いします。
made onegai shimasu

王子飯店	上野車站	這裡(拿紙給對方看)
プリンスホテル	上野駅	ここ（紙を見せる）
purinsu hoteru	ueno-eki	koko (kami o miseru)

成田機場	六本木hills	國立博物館
成田空港	六本木ヒルズ	国立博物館
narita-kuukoo	roppongi-hiruzu	kokuritsu-hakubutsukan

例句

到那裡要花多少時間？
そこまでどれくらいかかりますか。
soko made dorekurai kakarimasuka

路上塞車嗎
道は、混んでいますか。
michi wa, konde imasuka

請向右轉。
右に曲がってください。
migi ni magatte kudasai

前面右轉。
その先を右へ。
sono saki o migi e

請在第3個轉角左轉。
三つ目の角を左へ曲がってください。
mittsu-me no kado o hidari e magatte kudasai

請直走。
まっすぐ行ってください。
massugu itte kudasai

這裡就可以了。
ここでいいです。
koko de iidesu

請在那裡停車。
そこで停めてください。
soko de tomete kudasai

(4) 我要租車子 ↘ MP3 73

例句

我想租車。
車を借りたいです。
kuruma o karitai desu

小型車比較好。
小型の車がいいです。
kogata no kuruma ga ii desu

我想租那一部車。
あちらの車を借りたいです。
achira no kuruma o kari tai desu

保證金多少？
保証金はいくらですか。
hoshookin wa ikura desuka

有保險嗎？
保険はついていますか。
hoken wa tsuite imasuka

一天多少租金？
一日いくらですか。
ichinichi ikura desuka

車子故障了。
車が故障しました。
kuruma ga koshoo shimashita

這台車還你。
この車を返します。
kono kuruma o kaeshimasu

傍晚還車。
夕方に返します。
yuugata ni kaeshimasu

我要還車。
車を返却します。
kuruma o henkyaku shimasu

好用單字

租車	國際駕駛執照	契約書	破胎
レンタカー	国際運転 免許証	契約書	パンク
rentakaa	kokusai-unten menkyo shoo	keeyakusho	panku
注意	安全開車	聯絡處	備胎
注意	安全運転	連絡先	スペアタイヤ
chuui	anzen-unten	renraku-saki	supea-taiya

5　糟糕！迷路了　↘ MP3 74

例句

我迷路了。

道に迷いました。

michi ni mayoi mashita

對不起，可以請教一下嗎？

すみませんが、ちょっと教えてください。

sumimasen ga,chotto oshiete kudasai

新宿要怎麼走呢？

新宿は、どう行けばいいですか。

shinjuku wa, doo ikeba ii desuka

請在下一個紅綠燈右轉。

次の信号を右に曲がってください。

tsugi no shingoo o migi ni magatte kudasai

南邊是哪一邊？

南はどちらですか。

minami wa dochira desuka

請告訴我車站怎麼走？

駅への道を教えてください。

eki eno michi o oshiete kudasai

上野車站在哪裡？

上野駅はどこですか。

ueno-eki wa doko desuka

請沿這條路直走。

この道をまっすぐ行ってください。

kono michi o massugu itte kudasai

上野車站在左邊。

上野駅は左側にあります。

ueno-eki wa hidarigawa ni arimsu

　　　　　　　　嗎？

名詞＋は＋形容詞＋ですか？
wa　　　　　　desuka

車站／遠

駅／遠い

eki　tooi

那裡／近

そこ／近い

soko　chikai

那條道路／寬廣

その道／広い

sono michi　hiroi

前往方式／困難

行き方／難しい

iki-kata　muzukashii

道路／容易辨認

道／わかりやすい

michi　wakari yasui

① 我想看慶典 MP3 75

想 　。

煙火／看
花火を／見
はな　び　み
hanabi o mi

名詞(を…)＋動詞＋たいです。
o　　　　　　　　　　　tai desu

慶典／看
お祭を／見
まつり　み
omatsuri o mi

迪士尼樂園／去
ディズニーランドへ／行き
い
dizuniirando e iki

在游泳池／游泳
プールで／泳ぎ
およ
puuru de oyogi

往山上／去
山へ／行き
やま　い
yama e iki

日本料理／吃
日本料理を／食べ
に　ほんりょうり　た
nihon-ryoori o tabe

購物
買い物を／し
か　もの
kai-mono o shi

例句

請給我地圖
地図をください。
ち　ず
chizu o kudasai

博物館現在有開嗎？
博物館は今開いてますか。
はくぶつかん　いま　あ
hakubutsukan wa ima aite masuka

這裡可以買票嗎？
ここでチケットは買えますか。
か
koko de chiketto wa kaemasuka

名產店在哪裡？
みやげ物店はどこにありますか。
ものてん
miyagemono-ten wa doko ni arimasuka

近代美術館在哪裡？
近代美術館はどこですか。
きんだい　び　じゅつかん
kindai-bijutsukan wa doko desuka

有沒有什麼好玩的地方呢？
なにか面白いところはありますか。
おもしろ
nanika omoshiroi tokoro wa arimasuka

有壯麗的寺廟嗎？
きれいなお寺はありますか。
てら
kiree na o-tera wa arimasuka

請推薦一下飯店。
ホテルを紹介してください。
しょうかい
hoteru o shookai shite kudasai

2 我想看名勝　MP3 76

我要＿＿＿＿。

名詞＋がいいです。
ga ii desu

歴史巡遊
歴史めぐり
rekishi-meguri

美術館巡遊
美術館めぐり
bijutsukan-meguri

名勝巡遊
名所めぐり
meesho-meguri

一日行程
一日コース
ichinichi koosu

半天行程
半日コース
hannichi-koosu

下午行程
午後コース
gogo koosu

例句

有附餐嗎？
食事は付きますか。
shokuji wa tsukimasuka

幾點出發？
出発は何時ですか。
shuppatsu wa nanji desuka

幾點回來？
何時に戻りますか。
nanji ni modorimasuka

在哪裡集合呢？
どこに集まればいいですか。
doko ni atsumareba ii desuka

有中文導遊嗎？
中国語のガイドはいますか。
chuugoku-go no gaido wa imasuka

有英文導遊嗎？
英語のガイドはいますか。
eego no gaido wa imasuka

要到什麼地方呢？
どんなところに行きますか。
donna tokoro ni ikimasuka

哪個有趣呢？
どれが面白いですか。
dore ga omoshiroi desuka

③ 這裡可以拍照嗎　MP3 77

可以 ［　　　　　］ ？

名詞＋を＋動詞＋もいいですか。
o　　　　　　　mo ii desuka

相照
写真（しゃしん）／撮（と）って
shashin totte

煙抽
タバコ／吸（す）って
tabako sutte

箱子打開
箱（はこ）／開（あ）けて
hako akete

這個觸摸
これ／触（さわ）って
kore sawatte

聲音放出
声（こえ）／出（だ）して
koe dashite

影片拍攝
ビデオ／撮（と）って
bideo totte

例句

可以幫我拍照嗎？
写真（しゃしん）を撮（と）っていただけますか。
shashin o totte itadakemasuka

只要按這裡就行了。
ここを押（お）すだけです。
koko o osu dake desu

可以一起照張相嗎？
一緒（いっしょ）に写真（しゃしん）を撮（と）ってもいいですか。
issho ni shashin o tottemo ii desuka

麻煩再拍一張。
もう一枚（いちまい）お願（ねが）いします。
moo ichimai onegai shimasu

請把那個一起拍進去。
あれと一緒（いっしょ）に撮（と）ってください。
are to isho ni totte kudasai

④ 這建築物真棒　MP3 78

很棒的 畫
素敵な／絵
すてきな／え
suteki na e

　！

形容詞＋名詞＋ですね。
desune

很漂亮的 和服
綺麗な／着物
きれいな／きもの
kiree na kimono

雄偉的 雕刻
立派な／彫刻
りっぱな／ちょうこく
rippa na chookoku

大的 雕像
大きな／像
おおきな／ぞう
ooki na zoo

很棒的 建築物
すごい／建物
すごい／たてもの
sugoi tatemono

很棒的 作品
すばらしい／作品
すばらしい／さくひん
subarasii sakuhin

美麗的 陶瓷器皿
美しい／陶器
うつくしい／とうき
utsukushii tooki

例句

入場費多少？
入場料はいくらですか。
にゅうじょうりょう
nyuujooryoo wa ikura desuka

有館內導遊服務嗎？
館内ガイドはいますか。
かんない
kannai gaido wa imasuka

幾點休館？
何時に閉館ですか。
なんじ　へいかん
nanji ni heekan desuka

小孩多少錢？
子どもはいくらですか。
こ
kodomo wa ikura desuka

有中文說明嗎？
中国語の説明はありますか。
ちゅうごくご　せつめい
chuugokugo no setsumee wa arimasuka

我要風景明信片。
絵葉書がほしいです。
え　は　がき
e-hagaki ga hoshii desu

5　給我大人兩張　　MP3 79

給我 ＿＿＿＿＿＿。

名詞＋數量＋お願（ねが）いします。
onegai shimasu

大人／10張
大人（おとな）／10枚（じゅうまい）
otona juumai

成人／兩張
大人（おとな）／2枚（にまい）
otona nimai

學生／一張
学生（がくせい）／一枚（いちまい）
gakusee ichimai

小孩／兩張
こども／2枚（にまい）
kodomo nimai

中學生／3張
中学生（ちゅうがくせい）／3枚（さんまい）
chuugakusee sanmai

例句

售票處在哪裡？
チケット売（う）り場（ば）はどこですか。
chiketto uriba wa doko desuka

學生有折扣嗎？
学生割引（がくせいわりびき）はありますか。
gakusee waribiki wa arimasuka

我要一樓的位子。
1階（いっかい）の席（せき）がいいです。
ikkai no seki ga ii desu

有沒有更便宜的座位。
もっと安（やす）い席（せき）はありますか。
motto yasui seki wa arimasuka

坐哪個位子比較好觀看呢？
どの席（せき）が見（み）やすいですか。
dono seki ga miyasui desuka

一張多少錢？
一枚（いちまい）いくらですか。
ichimai ikura desuka

請給我3張。
3枚（さんまい）ください。
sanmai kudasai

麻煩學生一張。
学生一枚（がくせいいちまい）、お願（ねが）いします。
gakusee ichimai onegai shimasu

6 我想聽演唱會 MP3 80

我想看 ____。

名詞＋を見たいです。
o mitai desu

音樂會
コンサート
konsaato

電影	**映画** eega	
歌劇	**オペラ** opera	
歌舞伎	**歌舞伎** kabuki	

例句

目前受歡迎的電影是哪一部？
今、人気のある映画は何ですか。
ima,ninki no aru eega wa nan desuka

下一場幾點上映？
次の上映は何時ですか。
tsugi no jooee wa nanji desuka

芭蕾舞幾點開演？
バレエの上演は何時ですか。
baree no jooen wa nanzi desuka

裡面可以喝果汁飲料嗎？
中でジュースを飲んでいいですか。
naka de juusu o nonde ii desuka

會上映到什麼時候？
いつまで上演していますか。
itsumade jooen shite imasuka

幾分前可以進場？
何分前に入りますか。
nanpun-mae ni hairimasuka

中間有休息嗎？
休憩はありますか。
kyuukee wa arimasuka

7 唱卡拉OK去囉　MP3 81

□□□多少？

數量＋いくらですか。
ikura desuka

一小時	一個人	30分鐘	小孩／一個人	果汁／一瓶
一時間	一人	30分	子ども／一人	ジュース／一つ
ichijikan	hitori	sanjuppun	kodomo hitori	juusu hitotsu

例句

去唱卡拉OK吧！

カラオケに行きましょう。

karaoke ni ikimashoo

基本消費多少？

基本料金はいくらですか。

kihon-ryookin wa ikuradesuka

可以延長嗎？

延長はできますか。

enchoo wa dekimasuka

遙控器如何使用？

リモコンはどうやって使いますか。

rimokon wa dooyatte tsukaimasuka

有什麼歌曲？

どんな曲がありますか。

donna kyoku ga arimasuka

我唱鄧麗君的歌。

私は、テレサ・テンを歌います。

watashi wa teresa-ten o utaimasu

我想唱SMAP的歌。

SMAPの歌を歌いたいです。

smap no uta o utai tai desu

一起唱吧!

一緒に歌いましょう。

issho ni utaimashoo

接下來唱什麼歌？

次はなににしますか。

tsugi wa nani ni shimasuka

⑧ 幫我算個命　MP3 82

今年／運勢
今年／運勢
kotoshi unsee

明年／財運
来年／金銭運
rainen kinsen-un

這個月／工作運
今月／仕事運
kongetsu shigoto-un

_____的_____如何？

時間＋の＋名詞
no
はどうですか。
wa doo desuka

這星期／
愛情運勢
今週／愛情運
konshuu aijoo-un

下星期／愛情運
来週／恋愛運
raishuu renai-un

例句

我出生於1972年9月18日
せんきゅうひゃくななじゅうにねんくがつじゅうはちにち う
１９７２年9月18日生まれです。
sen kyuuhyaku nanajuu ni nen kugatu juuhachinichi umaredesu

請幫我看看和男朋友合不合。
こいびと　　あいしょう み
恋人との相性を見てください。
koibito tono aishoo o mite kudasai

什麼時候會遇到白馬王子（白雪公主）？
あいて　あらわ
いつ相手が現れますか。
itsu aite ga arawaremasuka

問題能解決嗎？
もんだい　かいけつ
問題は解決しますか。
mondai wa kaiketsu shimasuka

可能結婚嗎？
けっこん
結婚できるでしょうか。
kekkon dekiru deshooka

幾歲犯太歲？
やくどし　なんさい
厄年は何歳ですか。
yaku-doshi wa nansai desuka

我是雞年生的。
わたし　とりどし
私は酉年です。
watashi wa toridoshi desu

可以買護身符嗎？
まも　　か
お守りを買えますか。
omamori o kaemasuka

⑨ 這附近有啤酒屋嗎　 MP3 83

附近有 ____ 嗎？

近くに＋場所＋はありますか。
ちか
chikaku ni　　　　　　wa arimasuka

酒吧
バー
baa

夜店
ナイトクラブ
naito-kurabu

爵士酒吧
ジャズクラブ
jazu-kurabu

酒店
クラブ
kurabu

一杯小酒店
いっぱい の　や
一杯飲み屋
ippai nomi-ya

居酒屋
いざかや
居酒屋
izakaya

日式傳統料理店
りょうてい
料亭
ryootee

壽司店
や
すし屋
sushi-ya

路邊攤
や たい
屋台
yatai

啤酒屋
ビヤホール
biyahooru

給我 　　　　。

名詞 をください。
o kudasai

雞尾酒
カクテル
kakuteru

啤酒
ビール
biiru

紅葡萄酒
あか
赤ワイン
aka-wain

白葡萄酒
しろ
白ワイン
shiro-wain

日本清酒
に ほんしゅ
日本酒
nihon-shu

威士忌
ウィスキー
uisukii

白蘭地
ブランデー
burandee

香檳
シャンペン
shanpen

薑汁汽水
ジンジャーエール
zinjaaeeru

小酒菜
おつまみ
otsumami

例句

女性要2000圓。

女性は2000円です。

josee wa nisenen desu

要什麼下酒菜？

おつまみは何がいいですか。

otsumami wa nani ga ii desuka

演奏什麼曲子？

どんな曲をやっていますか。

donna kyoku o yatte imasuka

喝葡萄酒吧！

ワインを飲みましょうか。

wain o nomimashooka

音樂不錯呢。

音楽がいいですね。

ongaku ga ii desune

喜歡聽爵士樂。

ジャズを聴くのが好きです。

jazu o kiku noga suki desu

來吧！乾杯！

乾杯しましょう。

kanpai shimashoo

最後點餐是幾點？

ラストオーダーは何時ですか。

rasutooodaa wa nanji desuka

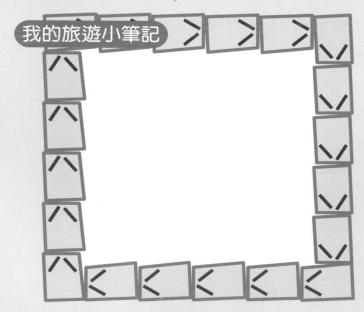

我的旅遊小筆記

10 哇！全壘打！ MP3 84

例句

今天有巨人的比賽嗎？

今日は巨人の試合がありますか。

kyoo wa kyojin no shiai ga arimasuka

哪兩隊的比賽？

どこ対どこの試合ですか。

doko tai doko no shiai desuka

請給我兩張一壘方面的座位。

一塁側の席を2枚ください。

ichirui-gawa no seki o nimai kudasai

可以坐這裡嗎？

ここに座ってもいいですか。

koko ni suwattemo ii desuka

請簽名。

サインをください。

sain o kudasai

你知道那位選手嗎？

あの選手を知っていますか。

ano senshu o shitte imasuka

他很有人氣嘛！

彼は、人気がありますね。

kare wa ninki ga arimasune

啊！全壘打！

あ、ホームランになりました。

a,hoomuran ni narimashita

喝杯啤酒吧！

ビールを飲みましょう。

biiru o nomimashoo

教練	三振	夜間棒球賽
監督	三振	ナイター
kantoku	sanshin	naitaa

好用單字

 棒球場

野球場

yakyuu-joo

 投手

ピッチャー

picchaa

 捕手

キャッチャー

kyacchaa

 打者

バッター

battaa

 盜壘

盜塁

toorui

 全壘打

ホームラン

hoomuran

1 我要一條裙子　MP3 85

在找 。

衣服＋を探（さが）しています。
o sagashite imasu

西裝
スーツ
suutsu

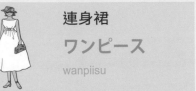

裙子
スカート
sukaato

連身裙
ワンピース
wanpiisu

褲子
ズボン
zubon

牛仔褲
ジーンズ
ziinzu

T恤
Tシャツ
t shatsu

輕便襯衫
カジュアルなシャツ
kajuaru na shatsu

Polo襯衫
ポロシャツ
poro-shatsu

女用襯衫
ブラウス
burausu

毛衣
セーター
seetaa

夾克
ジャケット
jaketto

外套
コート
kooto

內衣
下着（したぎ）
shitagi

游泳衣
みず ぎ
水着
mizugi

背心
ベスト
besuto

領帶
ネクタイ
nekutai

帽子
ぼう し
帽子
booshi

襪子
ソックス
sokkusu

太陽眼鏡
サングラス
san-gurasu

例句

婦女服飾賣場在哪裡？
ふ じんふくう　　ば
婦人服売り場はどこですか。
fujinfuku uriba wa doko desuka

這個如何？
こちらはいかがですか。
kochira wa ikaga desuka

這條褲子如何？
このズボンはどうですか。
kono zubon wa doo desuka

有大號的嗎？
おお
大きいサイズはありますか。
ookii saizu wa arimasuka

想要棉製品的。
めん
綿のがほしいです。
men noga hoshii desu

可以用洗衣機洗嗎？
せんたく き　　　あら
洗濯機で洗えますか。
sentakuki de araemasuka

蠻耐穿的樣子嘛！
じょう ぶ
丈夫そうですね。
joobu soo desune

顏色不錯嘛！
いろ
いい色ですね。
ii iro desune

② 可以試穿一下嗎　MP3 86

可以 [　　] 嗎？

試穿	戴戴看
しちゃく 試着して shichakushite	かぶってみて kabutte mite
摸	配戴看看
さわ 触って sawatte	つけてみて tsukete mite
套套看	
ちょっとはおって chotto haotte	

動詞＋もいいですか。
mo ii desuka

例句

那個讓我看一下。

それを見せてください。

sore o misete kudasai

有點小呢。

ちょっと小さいですね。

chotto chiisai desune

有沒有白色的。

白いのはありませんか。

shiroi no wa arimasenka

這是麻嗎？

これは麻ですか。

kore wa asa desuka

需要乾洗嗎？

洗濯はドライですか。

sentaku wa dorai desuka

我要紅的。

赤いのがほしいです。

akai noga hoshii desu

太花俏了。

ちょっと派手ですね。

chotto hade desune

有沒有再柔軟一些的？

もう少し柔らかいのはないですか。

moo sukoshi yawarakai nowa nai desuka

那個也讓我看看。

そちらも見せてください。

sochira mo misete kudasai

啊呀！這個不錯嘛！

ああ、これはいいですね。

aa,kore wa ii desune

我喜歡。

気に入りました。

ki ni irimashita

③ 我要這一件 ↘ 87

例句

有點長。

ちょっと長（なが）いです。

chotto nagai desu

長度可以改短一點嗎？

丈（たけ）をつめられますか。

take o tsumeraremasuka

顏色不錯呢。

色（いろ）がいいですね。

iro ga ii desune

非常喜歡。

とても気（き）に入（い）りました。

totemo ki ni irimashita

我要這個。

これにします。

kore ni shimasu

我要買。

決（き）めました。

kimemashita

我買這個。

これをいただきます。

kore o itadakimasu

請給我紅色的。

赤（あか）いほうをください。

akai hoo o kudasai

請幫我改一下袖子的長度。

袖（そで）の長（なが）さを直（なお）してほしいです。

sode no nagasa o naoshite hoshii desu

好用單字

	白色
	白（しろ） shiro

	紅色
	赤（あか） aka

	黑色
	黒（くろ） kuro

	藍色
	青（あお） ao

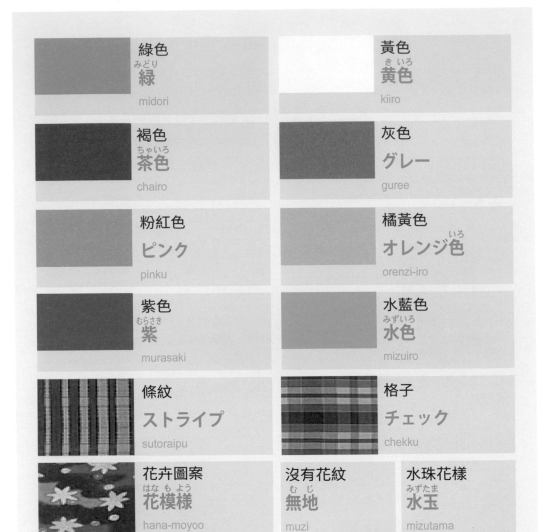

緑色
みどり
緑
midori

黃色
き いろ
黃色
kiiro

褐色
ちゃいろ
茶色
chairo

灰色
グレー
guree

粉紅色
ピンク
pinku

橘黃色
いろ
オレンジ色
orenzi-iro

紫色
むらさき
紫
murasaki

水藍色
みずいろ
水色
mizuiro

條紋
ストライプ
sutoraipu

格子
チェック
chekku

花卉圖案
はな も よう
花模様
hana-moyoo

沒有花紋
む じ
無地
muzi

水珠花樣
みずたま
水玉
mizutama

④ 我要買涼鞋　MP3 88

想要 。

輕便運動鞋
スニーカー
suniikaa

鞋子＋がほしいです。
ga hoshii desu

涼鞋
サンダル
sandaru

無帶淺口有跟女鞋
パンプス
panpusu

無後跟的女鞋
ミュール
myuuru

高跟鞋
ハイヒール
haihiiru

短馬靴
ショートブーツ
shooto-buutsu

登山鞋
トレッキングシューズ
torekkingu-shuuzu

靴子
ブーツ
buutsu

網球鞋
テニスシューズ
tenisu-shuuzu

木屐
下駄（げた）
geta

太

形容詞＋すぎます。
sugimasu

大	小	長	短	緊	鬆	高	低
大き（おお）	小さ（ちい）	長（なが）	短（みじか）	きつ	ゆる	高（たか）	低（ひく）
ooki	chiisa	naga	mijika	kitsu	yuru	taka	hiku

5 就給我這一雙　**MP3** 89　　我要 ＿＿＿＿ 的。

形容詞の（なの）＋がいいです。
no (nano)　　ga ii desu

牢固、堅固
じょう ぶ
丈夫
joobu

鞋跟很高
たか
ヒールが高い
hiiru ga takai

咖啡色
ちゃいろ
茶色い
chairoi

小
ちい
小さい
chiisai

亮晶晶
ぴかぴか
pikapika

白色
しろ
白い
shiroi

黑
くろ
黒い
kuroi

例句

有點緊。
ちょっときついです。
chotto kitsui desu

最受歡迎的是哪一雙？
いちばんにん き
一番人気なのはどれですか。
ichiban ninki nano wa dore desuka

鞋帶可以調整的。
ちょうせい
ひもを調整できます。
himo o choosee dekimasu

這是現在流行的款式。
いま
これが今はやりです。
kore ga ima hayari desu

蠻好走路的。
ある
歩きやすいですね。
aruki yasui desune

鞋跟太高了。
たか
ヒールが高すぎます。
hiiru ga taka sugimasu

請給我這一雙。
これをください。
kore o kudasai

我決定買這一雙。
き
これに決めました。
kore ni kimemashita

6 我要買土產送人 (MP3) 90　給我 ＿＿＿＿＿ 。

數量＋ください。
kudasai

| 一個 ひと 一つ hitotsu | 一張 いちまい 一枚 ichimai | 一條 いっぽん 一本 ippon | 一個 いっこ 一個 ikko | 一台 いちだい 一台 ichidai | 一本（書）いっさつ 一冊 issatsu |

例句

有沒有適合送人的名產？

お土産にいいのはありますか。

omiyage ni ii no wa arimasuka

哪一個較受歡迎？

どれが人気ありますか。

dore ga ninki arimasuka

有招財貓嗎？

招き猫がありますか。

maneki-neko ga arimasuka

請給我這饅頭。

この饅頭をください。

kono manjuu o kudasai

請包漂亮一點。

きれいに包んでください。

kiree ni tsutsunde kudasai

你認為哪個好呢？

どれがいいと思いますか。

dore ga ii to omoimasuka

這點心看起來很好吃。

このお菓子はおいしそうです。

kono okashi wa oishi soo desu

給我同樣的東西8個。

同じものを八つください。

onaji mono o yattsu kudasai

請分開包裝。

別々に包んでください。

betsubetsu ni tsutsunde kudasai

7 便宜點啦　　MP3 91

請 ＿＿＿＿＿＿。

形容詞＋してください。
shite kudasai

便宜	快	（弄）小
やす	はや	ちい
安く	早く	小さく
yasuku	hayaku	chiisaku

（弄）好提	（弄）漂亮	再便宜一些
も		すこ　やす
持ちやすく	きれいに	もう少し安く
mochi yasuku	kiree ni	moo sukoshi yasuku

例句

太貴了。	2000圓就買。
たか	に せん えん　　　か
高すぎます。	2000円なら買います。
takasugimasu	nisenen nara kaimasu

最好是１萬圓以內的東西。	那麼就不需要了。
いちまんえん い ない　　もの	
１万円以内の物がいいです。	それでは、いりません。
ichimanen inai no mono ga ii desu	soredewa,irimasen

可以打一些折扣嗎？	貴了一些。
すこ	たか
少しまけてもらえませんか。	ちょっと高いですね。
sukoshi makete moraemasenka	chotto takai desune

預算不足。	我會再來。
よ さん　　た	き
予算が足りません。	また来ます。
yosan ga tarimasen	mata kimasu

⑧ 我要刷卡　　MP3 92

要如何付款？

Q：お支払いはどう
oshiharai wa doo
なさいます。
nasaimasu

刷卡	カード
	kaado
現金	現金
	genkin
旅行支票	トラベラーズチェック
	toraberaazu-chekku
這個	これ
	kore

麻煩，我用 ＿＿＿＿ 。

A：名詞＋でお願いします。
de onegai shimasu

要分幾次付款？

Q：お支払い回数は？
oshiharai kaisuu wa

＿＿＿＿ 。

A：次數＋です。
desu

一次 いっかい	一次付清 いっかつ	6次 ろっかい	12次 じゅうにかい
一回	一括	6回	1 2回
ikkai	ikkatsu	rokkai	juunikai

例句

在哪裡結帳？

レジはどこですか。
reji wa doko desuka

能用這張信用卡嗎？

このカードは使えますか。
kono kaado wa tsukaemasuka

請在這裡簽名。

ここにサインをお願いします。
koko ni sain o onegai shimasu

筆在哪裡？

ペンはどこですか。
pen wa doko desuka

在這裡簽名嗎？

サインは、ここですか。
sain wa koko desuka

這樣可以嗎？

これでいいですか。
kore de ii desuka

1 我喜歡日本漫畫 **MP3** 93

我喜歡日本的 _____ 。

日本の＋名詞＋が好きです。
nihon no　　　　　　ga suki desu

慶典
まつり
お祭
omatsuri

庭園
ていえん
庭園
teeen

漫畫
まんが
漫画
manga

文化
ぶんか
文化
bunka

習慣
しゅうかん
習慣
shuukan

連續劇
ドラマ
dorama

和服
きもの
着物
kimono

茶道
さどう
茶道
sadoo

花道
かどう
華道
kadoo

歌
うた
歌
uta

對日本的 _____ 有興趣。

日本の＋名詞＋に興味があります。
nihon no　　　　　　ni kyoomi ga arimasu

文化
ぶんか
文化
bunka

經濟
けいざい
経済
keezai

藝術
げいじゅつ
芸術
geejutsu

歷史
れきし
歴史
rekishi

運動
スポーツ
supootsu

繪畫
かいが
絵画
kaiga

瓷器
とうき
陶器
tooki

自然
しぜん
自然
shizen

植物
しょくぶつ
植物
shokubutsu

演劇、戲劇
えんげき
演劇
engeki

② 到德島看阿波舞 MP3 94

在 ⬚⬚⬚ 有 ⬚⬚⬚ 慶典。

場所＋で＋慶典＋があります。
de　　　　ga arimasu

德島／阿波舞
とくしま　あわおど
徳島／阿波踊り
tokushima awa-odori

東京／神田祭
とうきょう　かんだまつり
東京／神田祭
tookyoo kanda-matsuri

札幌／雪祭
さっぽろ　ゆきまつり
札幌／雪祭
sapporo yuki-matsuri

青森／睡魔祭
あおもり　　　まつり
青森／ねぶた祭
aomori nebuta-matsuri

京都／祇園祭
きょうと　ぎおんまつり
京都／祇園祭
kyooto gion-matsuri

秋田／燈籠祭
あきた　かんとうまつり
秋田／竿燈祭
akita kantoo-matsuri

博多／天神祭
はかた　た
博多／どんたく
hakata dontaku

仙台／七夕祭
せんだい　たなばたまつり
仙台／七夕祭
sendai tanabata-matsuri

大阪／天神祭
おおさか　　　まつり
大阪／だんじり祭
oosaka danziri-matsuri

兵庫／打架祭
ひょうご　　　まつり
兵庫／けんか祭
hyoogo kenka-matsuri

例句

是什麼樣的慶典？

どんな祭ですか。

donna matsuri desuka

什麼時候舉行？

いつありますか。

itsu arimasuka

怎麼去？

どうやって行きますか。

dooyatte ikimasuka

哪個祭典有趣？

どの祭りが面白いですか。

dono matsuri ga omoshiroi desuka

有什麼節目？

何が見られますか。

nani ga miraremasuka

任何人都能參加嗎？

誰でも参加できますか。

dare demo sanka dekimasuka

漂亮嗎？

きれいですか。

kiree desuka

想去看看。

見に行きたいです。

mi ni iki tai desu

想去。

行ってみたいです。

itte mi tai desu

一起去吧！

一緒に行きましょう。

issho ni ikimashoo

明年一起去吧！

来年は行きましょうね。

rainen wa ikimashoone

③ 日本街道好乾淨 ↘ 95

例句

市容很乾淨。

町がきれいですね。

machi ga kiree desune

空氣很好。

空気がいいですね。

kuuki ga ii desune

庭院的花很可愛。

庭の花がかわいいですね。

niwa no hana ga kawaii desune

人很親切。

人が親切ですね。

hito ga shinsetsu desune

年輕人很時髦。

若者がおしゃれですね。

wakamono ga oshare desune

街道好乾淨喔！

道が清潔ですね。

michi ga seeketsu desune

老年人好親切喔！

老人が優しいですね。

roozin ga yasashii desune

大家都好認真喔！

みんな真面目ですね。

minna mazime desune

女性身材都好棒喔！

女性はスタイルがいいですね。

josee wa sutairu ga ii desune

穿著真有品味！

ファッションがすてきですね。

fasshon ga suteki desune

男人看起來蠻溫柔喔！

男性が優しそうですね。

dansee ga yasashi soo desune

小孩們很有精神喔！

子どもたちは元気ですね。

kodomo-tachi wa genki desune

街道好熱鬧喔！

街が賑やかですね。

machi ga nigiyaka desune

好用單字

山
やま
山
yama

海
うみ
海
umi

河川
かわ
川
kawa

湖
みずうみ
湖
mizuumi

瀑布
たき
滝
taki

田園
でんえん
田園
denen

草原
そうげん
草原
soogen

港口
みなと
港
minato

神社
じんじゃ
神社
jinja

城
しろ
城
shiro

1 唉呀！感冒了　　↘ **MP3** 96

例句

想去看醫生。

医者に行きたいです。

isha ni ikitai desu

請叫醫生來。

医者を呼んでください。

isha o yonde kudasai

請叫救護車。

救急車を呼んでください。

kyuukyuu-sha o yonde kudasai

醫院在哪裡？

病院はどこですか。

byooin wa doko desuka

診療時間是幾點到幾點？

診察時間は何時から何時までですか。

shinsatsu-jikan wa nanzi kara nanzi made desuka

醫生在哪裡？

お医者さんはどこですか。

o-isha-san wa doko desuka

朋友倒下去了。

友だちが倒れました。

tomodachi ga taoremashita

有點發燒。

熱があります。

netsu ga arimasu

身體不舒服。

気分が悪いです。

kibun ga warui desu

好用單字

感冒
風邪
kaze

心臓病
心臓病
shinzoo-byoo

高血壓
高血圧
koo-ketsuatsu

糖尿病
糖尿病
toonyoo-byoo

胃潰瘍
胃潰瘍
ikaiyoo

肺炎
肺炎
haien

花粉症
花粉症
kafun-shoo

流行性感冒
インフルエンザ
infuruenza

氣喘
ぜんそく
zensoku

盲腸炎
盲腸（虫垂炎）
moochoo(chuusuien)

過敏
アレルギー
arerugii

骨折
骨折
kossetsu

挫傷
ねんざ
nenza

便秘
便秘
benpi

② 我有點發冷　 MP3 97

（想）吐
吐き気
はき
hakike

發冷
寒気
さむけ
samuke

怎麼了？

Q：どうしましたか？
doo shimashitaka

感到 ☐ 。

A：症状＋がします。
ga shimasu

頭暈　目眩
めまい
memai

頭疼　頭痛
ずつう
zutsuu

耳鳴　耳鳴り
みみな
miminari

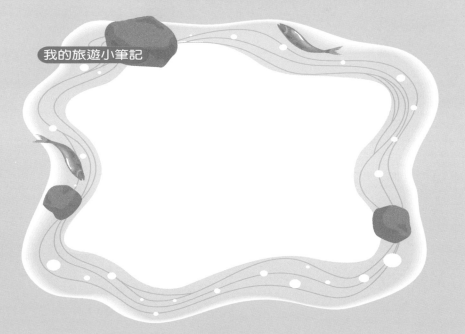

我的旅遊小筆記

＿＿＿＿＿痛。

身體＋が痛いです。
ga itaidesu

頭
あたま
頭
atama

肚子
なか
お腹
onaka

手肘
うで
腕
ude

腳
あし
足
ashi

腰部
こし
腰
koshi

眼睛
め
目
me

耳朵
みみ
耳
mimi

膝蓋
ひざ
hiza

牙齒
は
歯
ha

喉嚨
のど
nodo

例句

會咳嗽。

咳が出ます。
せき で
seki ga demasu

不舒服。

気持ちが悪いです。
き も わる
kimochi ga warui desu

感冒了。

風邪を引きました。
かぜ ひ
kaze o hikimashita

打嗝打個不停。

しゃっくりが止まりません。
と
shakkuri ga tomarimasen

拉肚子。

下痢をしています。
げり
geri o shite imasu

沒有食慾。

食欲がありません。
しょくよく
shokuyoku ga arimasen

全身無力。

だるいです。
darui desu

發燒了。

熱があります。
ねつ
netsu ga arimasu

③ 請張開嘴巴 ↘ 98

例句

請躺下來。

横になってください。

yoko ni natte kudasai

請深呼吸。

深呼吸してください。

shinkokyuu shite kudasai

這裡會痛嗎？

この辺は痛いですか。

kono hen wa itai desuka

食物中毒。

食あたりですね。

shokuatari desune

請把衣服脫掉。

服を脱いでください。

fuku o nuide kudasai

感覺如何？

気分はどうですか。

kibun wa doo desuka

請張開嘴巴。

口を開けてください。

kuchi o akete kudasai

請讓我看看眼睛。

目を見せてください。

me o misete kudasai

開藥方給你。

薬を出します。

kusuri o dashimasu

塗上藥膏。

薬を塗ります。

kusuri o nurimasu

好用單字

好像發燒
熱っぽい
netsuppoi

很疲倦
だるい
darui

流鼻水
鼻水
hanamizu

打噴嚏
くしゃみ
kushami

咳嗽
せき
seki

紅腫
腫れる
hareru

汗
汗
ase

疼痛
痛み
itami

痰
痰
tan

4 一天吃３次藥 ↘ 99

例句

一天請服３次藥。	請在飯後服用。
薬は一日３回飲んでください。 kusuri wa ichinichi sankai nonde kudasai	食後に飲んでください。 shokugo ni nonde kudasai
請將這個軟膏塗抹在傷口上。	會過敏嗎？
この軟膏を傷に塗ってくだい。 kono nankoo o kizu ni nutte kudasai	アレルギーはありますか。 arerugii wa arimasuka
發燒時吃這包個藥。	這是漱口用藥。
熱が出たら飲んでください。 netsu ga detara nonde kudasai	これはうがい薬です。 kore wa ugai-gusuri desu
是抗生素。	早中晚都要吃藥。
抗生物質です。 koosee-busshitsu desu	朝、昼、晩に飲んでください。 asa,hiru,ban ni nonde kudasai
請在睡前吃藥。	請不要泡澡。
寝る前に飲んでください。 neru mae ni nonde kudasai	お風呂に入らないでくださいね。 o-furo ni hairanaide kudasaine
我開３天份的藥。	最好是戴上口罩。
薬を三日分出します。 kusuri o mikka bun dashimasu	マスクをつけた方がいいです。 masuku o tsuketa hoo ga ii desu
請開診斷書給我。	請多保重。
診断書をお願いします。 shindansho o onegai shimasu	お大事に。 odaiji ni

1 我的護照丟了 100

信用卡	クレジットカード kurezitto-kaado
包包	かばん kaban
月票	定期券（ていきけん） teeki-ken

☐☐☐☐不見了。

物品＋をなくしました。
o nakushimashita

筆
ペン
pen

房間鑰匙
部屋の鍵（へやかぎ）
heya no kagi

相機
カメラ
kamera

行李箱
スーツケース
suutsu-keesu

護照
パスポート
pasupooto

萬用筆記本
手帳（てちょう）
techoo

機票
航空券（こうくうけん）
kookuuken

把☐☐☐忘在☐☐☐了。

場所＋に＋物＋を忘（わす）れました。
ni　　　　　o wasuremashita

電車／行李 電車（でんしゃ）／荷物（にもつ） densha nimotsu	房間／鑰匙 部屋（へや）／鍵（かぎ） heya kagi	計程車／電腦 タクシー／パソコン takushii pasokon	公車／皮包 バス／バッグ basu baggu
飯店／名產 ホテル／みやげ物（もの） hoteru miyage-mono		餐廳／錢包 食堂（しょくどう）／財布（さいふ） shokudoo saifu	保險箱／護照 金庫（きんこ）／パスポート kinko pasupooto

② 我錢包被偷了 MP3 101

_____ 被偷了。

物品＋を盗まれました。
o nusumaremashita

錢包
さい ふ
財布
saifu

信用卡
クレジットカード
kurejitto-kaado

行李箱
スーツケース
suutsu-keesu

戒指
ゆび わ
指輪
yubiwa

金融卡
キャッシュカード
kyasshu-kaado

金錢
かね
お金
o-kane

行李
に もつ
荷物
nimotsu

項鍊
ネックレス
nekkuresu

筆記型電腦
ノートパソコン
nooto-pasokon

手錶
うで ど けい
腕時計
ude-dokee

犯人是 _____ 。

はんにん
犯人は＋人＋です。

hannin wa　　　　　　desu

年輕男性
わか　おとこ
若い 男

wakai otoko

矮個子的男性
せ　ひく　おとこ
背の低い 男

se no hikui otoko

長髮的女性
かみ　なが　おんな
髪の長い 女

kami no nagai onna

戴著眼鏡的女性
おんな
めがねをかけた 女

megane o kaketa onna

戴眼鏡的男人
おとこ
めがねをかけた 男

megane o kaketa otoko

40歲左右的女人
よんじゅうだい　おんな
４０代の 女

yonjuu-dai no onna

年輕女生
わか　おんな
若い 女

wakai onna

瘦瘦的男人
や　おとこ
痩せた 男

yaseta otoko

胖的女人
ふと　おんな
太った 女

futotta onna

戴著帽子的女人
ぼうし　おんな
帽子をかぶった 女

booshi o kabutta onna

穿青色西裝的男人
あお　せびろ　おとこ
青い背広の 男

aoi sebiro no otoko

有鬍子的男人
ひげ　おとこ
髭のある 男

hige no aru otoko

③ 太好了！找到了！ ↘ MP3 102

例句

東西弄丟了。
落し物をしました。
otoshimono o shimashita

是黑色包包。
黒いかばんです。
kuroi kaban desu

裡面有錢包和信用卡。
財布とカードが入っています。
saifu to kaado ga haitte imasu

希望能幫我打電話給發卡公司。
カード会社に電話してほしいです。
kaado gaisha ni denwashite hoshii desu

請填寫遺失表格。
紛失届けを書いてください。
funshitutodoke o kaite kudasai

怎麼辦好？
どうしたらいいでしょう。
doo shitara ii deshoo

錢全部被拿去了。
お金を全部取られました。
o-kane o zenbu toraremashita

護照不見了。
パスポートがありません。
pasupooto ga arimasen

大概有10萬圓在裡面。
10万円ぐらい入っていました。
juuman-en gurai haitte imashita

太好了，找到了。
あった。あった。
atta. atta

好用單字

警察	身分證	護照	金融卡
警察	身分証明書	パスポート	キャッシュカード
keesatsu	mibun-shoomeesho	pasupooto	kyasshu-kaado

聯絡	申請（書）	小偷	遺失	補發
連絡	届け	泥棒	紛失	再発行
renraku	todoke	doroboo	funshitsu	sai-hakkoo

1 基本單字 ↴

1. 數字（一）

1	**1（いち）**	ichi
2	**2（に）**	ni
3	**3（さん）**	san
4	**4（よん／し）**	yon/ shi
5	**5（ご）**	go
6	**6（ろく）**	roku
7	**7（なな／しち）**	nana/ shichi
8	**8（はち）**	hachi
9	**9（く／きゅう）**	ku/ kyuu
10	**10（じゅう）**	juu
11	**11（じゅういち）**	juuichi
12	**12（じゅうに）**	juuni
13	**13（じゅうさん）**	juusan
14	**14（じゅうよん／じゅうし）**	juuyon/ juushi
15	**15（じゅうご）**	juugo
16	**16（じゅうろく）**	juuroku
17	**17（じゅうしち／じゅうなな）**	juushichi/ juunana
18	**18（じゅうはち）**	juuhachi
19	**19（じゅうく／じゅうきゅう）**	juuku/ juukyuu
20	**20（にじゅう）**	nijuu
30	**30（さんじゅう）**	sanjuu
40	**40（よんじゅう）**	yonjuu
50	**50（ごじゅう）**	gojuu
60	**60（ろくじゅう）**	rokujuu
70	**70（ななじゅう）**	nanajuu
80	**80（はちじゅう）**	hachijuu
90	**90（きゅうじゅう）**	kyuujuu
100	**100（ひゃく）**	hyaku
101	**101（ひゃくいち）**	hyakuichi
102	**102（ひゃくに）**	hyakuni
103	**103（ひゃくさん）**	hyakusan
200	**200（にひゃく）**	nihyaku
300	**300（さんびゃく）**	sanbyaku
400	**400（よんひゃく）**	yonhyaku
500	**500（ごひゃく）**	gohyaku
600	**600（ろっぴゃく）**	roppyaku
700	**700（ななひゃく）**	nanahyaku
800	**800（はっぴゃく）**	happyaku
900	**900（きゅうひゃく）**	kyuuhyaku
1000	**1000（せん）**	sen
2000	**2000（にせん）**	nisen
5000	**5000（ごせん）**	gosen
10000	**10000（いちまん）**	ichiman

2. 數字（二）

1 個	一つ（ひと）	hitotsu
2 個	二つ（ふた）	futatsu
3 個	三つ（みっ）	mittsu
4 個	四つ（よっ）	yottsu
5 個	五つ（いつ）	itsutsu
6 個	六つ（むっ）	muttsu
7 個	七つ（なな）	nanatsu
8 個	八つ（やっ）	yattsu
9 個	九つ（ここの）	kokonotsu
10 個	十（とお）	too
幾個	いくつ	ikutsu

3. 月份

1月	**1月** いちがつ	ichigatsu
2月	**2月** にがつ	nigatsu
3月	**3月** さんがつ	sangatsu
4月	**4月** しがつ	shigatsu
5月	**5月** ごがつ	gogatsu
6月	**6月** ろくがつ	rokugatsu
7月	**7月／7月** しちがつ／ななわつ	shichigatsu/ nanagatsu
8月	**8月** はちがつ	hachigatsu
9月	**9月** くがつ	kugatsu
10月	**10月** じゅうがつ	juugatsu
11月	**11月** じゅういちがつ	juuichigatsu
12月	**12月** じゅうにがつ	juunigatsu
幾月	**何月** なんがつ	nangatsu

4. 星期

星期日	**日曜日** にちようび	nichiyoobi
星期一	**月曜日** げつようび	getsuyoobi
星期二	**火曜日** かようび	kayoobi
星期三	**水曜日** すいようび	suiyoobi
星期四	**木曜日** もくようび	mokuyoobi
星期五	**金曜日** きんようび	kinyoobi
星期六	**土曜日** どようび	doyoobi
星期幾	**何曜日** なんようび	nanyoobi

5. 時間

1點	**1時** いちじ	ichiji
兩點	**2時** にじ	niji
3點	**3時** さんじ	sanji
4點	**4時** よじ	yoji
5點	**5時** ごじ	goji
6點	**6時** ろくじ	rokuji
7點	**7時** しちじ	shichiji
8點	**8時** はちじ	hachiji
9點	**9時** くじ	kuji
10點	**10時** じゅうじ	juuji
11點	**11時** じゅういちじ	juuichiji
12點	**12時** じゅうにじ	juuniji
1點15分	**1時15分** いちじじゅうごふん	ichijijuugofun
1點30分	**1時30分** いちじさんじゅっぷん	ichijisanjuppun
1點45分	**1時45分** いちじよんじゅうごふん	ichijiyonjuugofun
兩點15分	**2時15分** にじじゅうごふん	nijijuugofun
兩點半	**2時半** にじはん	nijihan
兩點45分	**2時45分** にじよんじゅうごふん	nijiyonjuugofun
3點半	**3時半** さんじはん	sanjihan
4點半	**4時半** よじはん	yojihan
5點半	**5時半** ごじはん	gojihan
6點15分前	**6時15分前** ろくじじゅうごふんまえ	rokujijuugofun- mae
7點整	**7時ちょうど** しちじ	shichiji-choodo
8點過5分	**8時5分過ぎ** はちじごふんすぎ	hachiji gofun-sugi
幾點幾分	**何時何分** なんじなんぷん	nanji napun

2 日本文化 ↴

1. 文化及社會

花道	華道 (かどう)	kadoo
藝術	芸術 (げいじゅつ)	geejutsu
藝能	芸能 (げいのう)	geenoo
香道	香道 (こうどう)	koodoo
茶道	茶道 (さどう)	sadoo
盆栽	盆栽 (ぼんさい)	bonsai
盆石、盆景	盆石 (ぼんせき)	bonseki
日本歌舞伎	歌舞伎 (かぶき)	kabuki
能樂	能楽 (のうがく)	noogaku

2. 日本慶典

成人儀式	成人式 (せいじんしき)	seejin-shiki
綠色紀念日	緑の日 (みどり の ひ)	midori no hi
盂蘭盆節	お盆祭り (ぼんまつり)	o-bon-matsuri
七夕	七夕祭り (たなばたまつり)	tanabata-matsuri
煙火節	花火祭り (はなびまつ)	hanabi-matsuri
新年	お正月 (しょうがつ)	o-shoogatsu
敬老節	敬老の日 (けいろう の ひ)	keeroo no hi
憲法節	憲法の日 (けんぽう の ひ)	kenpoo no hi
體育節	体育の日 (たいいく の ひ)	taiiku no hi
祇園祭典	祇園祭り (ぎおんまつ)	gion-matsuri
扛神轎	御神輿 (お みこし)	o-mikoshi
盛岡 SANSA 舞蹈	盛岡さんさ踊り (もりおか さんさ おど)	morioka sansa-odori
草津溫泉節	草津温泉祭 (くさつ おんせんまつり)	kusatsu onsen-matsuri
江之島煙火大會	江の島花火大会 (え しまはなび たいかい)	enoshima hanabi-taikai
萬燈節	万灯祭 (まんとうまつり)	mantoo-matsuri
燈籠祭典	竿燈まつり (かんとう)	kantoo-matsuri

青森睡魔祭	青森ねぶた祭	aomori nebuta-matsuri
WASSHOI 百萬夏日節	わっしょい百万夏まつり	wasshoi hyakumanatsu-matsuri
火之國節	火の国まつり	hinokuni-matsuri

3. 日本街道

工商業集中地區	下町	shitamachi
日本橋	日本橋	nihon-bashi
和服商店	呉服屋	gofuku-ya
日式點心店	和菓子屋	wagashi-ya
便當店	弁当屋	bentoo-ya
便利商店	コンビニ	konbini
藥房	薬屋	kusuri-ya
海鮮店	魚屋	sakana-ya
肉店	肉屋	niku-ya
蔬果菜店	八百屋	yao-ya
商店街	商店街	shooten-gai
歌舞伎町	歌舞伎町	kabuki-choo
道路	通り	toori
一號街	一番町	ichiban-choo
古街	古道	kodoo
史蹟	史跡	shiseki
散步指南	ウォーキングの案内	uookingu no annai
街道地圖	町マップ	machi-mappu

日本語 基本 1600 會話

生活、旅遊、交友用這本就夠啦！⊦····👉

18 K

QR Code + **MP3**

實用日語 08

發行人	林德勝
著者	吉松由美、田中陽子
出版發行	山田社文化事業有限公司
	地址 臺北市大安區安和路一段112巷17號7樓
	電話 02-2755-7622 02-2755-7628
	傳真 02-2700-1887
郵政劃撥	19867160號 大原文化事業有限公司
總經銷	聯合發行股份有限公司
	地址 新北市新店區寶橋路235巷6弄6號2樓
	電話 02-2917-8022
	傳真 02-2915-6275
印刷	上鎰數位科技印刷有限公司
法律顧問	林長振法律事務所 林長振律師
定價	新台幣369元
初版	2022年11月

© ISBN : 978-986-246-722-0
2022, Shan Tian She Culture Co., Ltd.

朗讀QR Code